개 벼랑에도
봄은 오는가

초판 1쇄 | 2014년 12월 15일 발행

지은이 | 이동진
펴낸곳 | 해누리
펴낸이 | 김진용
편집주간 | 조종순
본문디자인 | 신나미
마케팅 | 김진용·유재영

등록 | 1998년 9월 9일(제16-1732호)
등록변경 | 2013년 12월 9일(제2002-000389호)

주소 | 121-849 서울시 마포구 모래내 7길 38 (성산동) 서원빌딩 501-2호
전화 | (02)335-0414 팩스 | (02)335-0416
E-mail | haenuri0414@naver.com

ISBN 978-89-6226-052-6 (03810)

개 나라에도 봄은 오는가

이동진 지음

해누리

'사람 많은 곳에 사람이 없고 말 많은 곳에 말이 없다' 고 누군가 말했다.

이게 대낮에 무슨 도깨비 헛소리냐고 비웃는 자들이 있다면,(놀랍게도 어마어마하게 많지만), 그들이야말로 사람이 아니라 낮도깨비 또는 좀비들일 것이다.

보라! 그 얼마나 많은 사람들이 거리마다 쏘다니고 있는가? 껍데기만 본다면 누구나 다 잘난 사람들인 것은 맞다. 맞고말고! 그러나 그 가운데 사람다운 사람이 과연 몇 명이나 되겠는가? 소돔과 고모라에서 정의로운 사람이 단 열 명이라도 발견되기를 바랐던 아브라함은 안목이 너무나도 좁아서 그런 헛기대를 걸었을까?

그 얼마나 많은 사람들이 남녀노소를 불문하고 이리저리 메뚜기 떼처럼 몰려다니며 '결사반대!', '타도! 타도!' 따위 말도 안 되는 구호를 외쳐대는가? '나는 절대로(!) 결백하다' 는 등 '그런 일은 절대로(!) 없다' 는 등 악을 쓰는 사람들은 또 그 얼마나 많은가?

똥과 메주도 구별하지 못하는 사람이 듣는다면, 그들의 말은 백번 천 번 지당하고도 남을 것이다. 그들이야말로, 오로지 그들만이,

정의의 사도들인 반면, 그들을 조롱, 비난, 지탄하는 무리란(가능하기만 하다면) 능지처참이나 육시의 제물이 되어야 마땅할 것이다. 그러나 부정부패의 구린내는 어느 누가 스컹크처럼 풍기며 돌아다니는가? 입만 열면 말 바꾸기, 즉 새빨간 거짓말을 떡 먹듯이 토해 내는 자들은 누구란 말인가? 바로 그런 판이니까 말 많은 곳에 말이 없다는 서글픈 격언이 나오는 게 아닌가!

사람다운 사람이 되는 길, 사람답게 사는 길, 만고불변의 진리 등등은 유사 이래 이미 제시되어 있다. 무수한 사람들이 몰라서, 무지 때문에, 그 길을 걸어가지 않는 것은 결코 아니다. 몰라서 그런다면 차라리 잘못이 없다고 할 수도 있다. 그러나 알면서도 일부러 다른 나쁜 길을 걸어가니까 한층 더 고약한 것이다.

여기 실린 시들은, 시대와 장소를 초월하여 어느 사회에서나 어느 조직에서나 참으로 근본적인, 아킬레스의 뒷꿈치 같은 이 문제들에 관해 깊이 생각하고 성찰해본 결과의 일부분이다. 게다가 이 일부분마저도 빙산의 일각이니 시작에 불과할 뿐이다.

물론 이 시들은 적지 않은 사람들에게 불쾌감을 줄 것이다. 잘 안다. 그런 사람들은 스스로 잘났다고 자부하면서 '이따위가 무슨 시냐?' 고 비아냥거릴 것이다. 그것도 이미 잘 알고 있다. 그래도 좋다. 이 시들을 읽고 불쾌감을 느끼는 것 자체만 해도 이 시집은 그 목적을 충분히 달성한 것이 되기 때문이다.

반면에 역시 적지 않은 사람들이 '아, 시원하다!' 또는 '통쾌하다!' 고 하면서 자기도 모르게 무릎을 칠 것이다. 이것이야말로 대성공이다. 문학이나 예술의 카타르시스란 바로 그것이 아닌가!

온 세상의 현실을 살펴보면 허위, 거짓말, 부정부패 등이 감소하기는커녕 오히려 차마 눈뜨고는 볼 수 없을 지경으로 한층 더 기승을 부리고 있다. 그래서 무수한 민초들의 한숨, 원망, 신음의 소리가 하늘을 찌른다.

고대 중국의 사마천이 '하늘의 도, 즉 천도는 옳은가, 그른가?' 라고 소리친 이유도 여기 있을 것이다. 그의 외침이 오늘도 외로운 것은 사실이다. 그러나 외침이 외롭다고 해서 침묵해야 할 이유도 없다. 오히려 인류가 존속하는 한 외로운 외침은 반드시 계속해서, 가능하면 사방에서, 우렁차게 울려 퍼져야 마땅하다.

이 글은 시와 함께 시 아래쪽에 사족 비슷한 간략한 자작 해설을 붙인 것으로 불쾌하든 통쾌하든, 누구나 한번쯤 읽어준다면 그 이상 더 바랄 것도 없다. 이것이 어찌, 이 풍진 세상을 만났지만 그래도 불행 중 다행으로(또는 다행 중 불행으로) '인생칠십 고래희'에 간신히 도달한 시인이 오늘도 여전히 내뱉는 넋두리에 불과하다는 말인가!

2014년 11월
서울 신림동 가하서재에서
이동진

CONTENTS

저자 머리말 · 4

제1부
개 같은 대통령들

개 같은 대통령들 · 16

개만도 못한 대통령들 · 18

개보다 더한 대통령들 · 20

대통령 후보가 많아 행복한 나라 · 22

개에 관한 명상과 망상 · 25

개혁 행진가곡 · 28

웬 말이 그렇게 헤퍼? · 30

국회란 개새끼들이 모인 곳이 아니다 · 32

꼴 보기 싫은 신문들 목 졸라 죽이기 · 34

분서갱유 · 36

개사모 회원들에게 · 38

애견센터 · 40

밉살스러운 개 · 42

물어뜯는 개 · 44

몰매 맞는 개 · 46

멍청한 개새끼들 · 48

발정한 개새끼들 · 50

미친 개새끼들 · 52

버림받은 개새끼들 · 54

죽어가는 개새끼들 · 56

고관들 저택 개들은 털도 가죽도 좋다 · 58

개새끼들의 호화 무덤 · 60

똥개들의 운동대회 · 62

시골촌놈의 서울구경 · 66

진짜 사나이 개봉 박두 · 68

물장사는 아무나 하나 · 70

봉이 김선달은 영원하다 · 72

뇌물은 괴물 · 74

청렴결백 시합 · 76

발탁과 발딱 · 78

제2부
정치가와 원숭이

정치가와 원숭이 · 82

도굴범들의 천국 · 85

명예훼손이 뭔지 알기나 해? · 88

특별감사 · 90

로켓 · 92

도둑놈과 장관님 · 94

기회주의자에게 돌을 던지지 마라 · 96

애국가(哀國歌) · 98

국기에 대한 경례 · 100

순국선열을 위한 묵념 · 102

조찬기도회? · 104

내빈 축사 · 106

천치들의 만세 삼창 · 108

떠오르는 해는 처량하다 · 110

도깨비 나라에서 지는 해 · 112

똥장군 앞에서 벌벌 기는 사람들 · 114

생선장사의 비린내는 스모그와 같다 · 116

누가 너를 바보래? · 118

토사구팽 · 120

공화국이란 빈 공인가 · 122

고문 1 · 124

고문 2 · 126

고문 3 · 128

바람이 불면 · 129

독재자 · 130

독재자의 모가지는 '독아지' 라 한다 · 132

부서지는 우상들 · 137

거대한 초상화 · 140

잔인하고 어리석은 성주 · 142

당신은 보이지 않습니다 · 145

거짓 예언자들 · 148

멜로드라마 정치는 지겹다 · 150

얼어죽을 지방색 · 152

개개풀린 눈 · 154

감히 부덕의 소치라니! · 156

얼마나 더러운 명단이기에 · 158

정치가는 변기에 버린 화장지 · 160

제3부
부패의 먹이사슬

부패의 먹이사슬 · 164
등골이 서늘하다 · 166
건달 공화국 · 169
꼽싸리꾼 · 170
꿀꿀이죽 · 172
개는 개일 따름 · 175
가축 · 176
원인불명이라니! · 178
어쩌다가 개로 태어났는가? · 180
도대체 너는 누구냐? · 182
쏠까요? 말까요? · 184
노조 명단은 극비문서 · 186
담배만 홍어 좆이냐? · 188
청문회 공범들 · 190
오리 떼와 청문회 · 192
밥 한 끼가 어렵다 · 194
거짓말 공화국 · 196
자연산을 좋아해? · 198
목걸이 · 200
개만도 못한 인간쓰레기들 · 202
언 강이 풀리면 · 204
한 통속 · 206
진돗개 유감 · 208
아무 개가 중국에 가든 말든 · 210

뼈다귀 사냥 · 212

자백하라! · 214

거짓말쟁이에게 · 216

낙하산 인사 · 218

청백리의 백비(白碑) · 220

똥개 목의 황금 목걸이 · 222

선거 문화 · 224

아, 자비로운 판사들! · 226

주인 그놈이 도둑놈이지 · 228

가련한 좀비 · 230

개만도 못한 사람들 · 232

굴비는 비굴한가? · 234

할 일 없으면 잠이나 자 · 236

평등 사회 · 238

똥싸개들 · 240

누룽지와 복지 · 242

오뉴월에 얼어 죽을 위원회 · 244

기득권 모두 버려라! · 245

거짓말 똥 입으로 배설하는 중 · 246

가짜 예언자들이 많다 · 248

선생은 선생답게! · 250

정복자 · 252

뼈도 못 추려! · 254

비교적 · 256

은퇴한 관리 · 258

검은 돈 받은 검사 · 260

낙하산 인사도 인사야? · 262

거짓말하는 지도자들 · 264

천치들의 왕국 · 266

얼빠진 국민장 · 268

6.25 전사자의 유해의 말 · 270

국토개조 · 273

이 따위 청문회라면 · 276

개똥타령 · 278

경칠 놈들 · 280

곤쇠아비동갑들의 추태 · 282

치도곤은 맞아봐야 안다 · 284

군입정질 · 286

제1부

개 같은 대통령들

개 같은 대통령들

개처럼 생긴 대통령들을 보고 모두 웃는다.
허리를 잡고 웃어댄다.
그런 지도자를 모시는 자기 자신이
개만도 못하다는 사실에 절망하기 때문이다.

그러나 대통령처럼 생긴 개들을 보면
모두 공포에 질려 뒷걸음질 친다.
자기 자신이 사람임을 새삼 깨닫고
열등감에 사로잡혀 너무나도 괴롭기 때문이다.
아니, 그런 개가 정말 지도자가 된다면
사람 꼴이 말이 아니기 때문이기도 하다.

대통령처럼 생긴 개 앞에서는
개처럼 생긴 대통령마저 꼬리를 내린다.
가짜 개가 진짜 개를 알아보고

본능적인 비겁함에 설설 기는 것이다.

그러면 개들이 왕왕 짖어대는데
선진국 언어로 번역하면:
이 개만도 못한 인간쓰레기들아!
감히! 함부로! 개를 흉내 내려 하지 마라!
우린 죽어서도 몸을 일용할 양식으로 내어주는
살신성인의 고귀한 족속이다.
그런데 너희는 도대체 뭐냐?

어제도 오늘도 개 같은 하루였다.
내일은 개만도 못한 하루일 것이다 분명히!
진짜 개가 아니라
개처럼 생긴 지도자나 모시고 있으니까!

개만도 못한 대통령들

유럽에서 수천만을 죽인 어느 총통 각하는
분명히 대통령만도 못한 개였다.
러시아에서 수천만을 굶기고 얼려 죽인
친애하는 동지 각하도 역시 그랬다.
아프리카에서 수백만을 밀림에 거름으로 쓴
그들도 개만도 못한 대통령들이었다.
동남아에서 붉은기 아래 몽둥이로 죽창으로
물구덩이에 처박아 수백만을 청소한 그도,
역시 개만도 못한 대통령이었다.
홍위병을 거느리던 자도 인종청소 주도한 자도
개만도 못한 최고의 각하들이었다.

그런 대통령들이 과거에만 있는 것인가?
다른 대륙이나 먼 나라에만 있는 것인가?
오늘도 수백만을 굶겨 죽이는 각하는 무엇인가?

그런 자와 손을 잡는 무리는 또 무엇인가?
어느 나라 대통령이든 그 자리에 앉았다고 해서
광땡 잡고 얼씨구!
반드시 훌륭한 인물로 평가되진 않는다.
개 같은 대통령들이 있는가 하면
개만도 못한 대통령들도 적지가 않다.

어느 나라 대통령이든 당선될 때나 좋은 거다.
대통령 노릇 해먹기가 그리 쉬운 줄 아나?
그리고 대통령은 아무나 하나?
하기 싫어도 도중에 그만둘 수 없으니
정말 죽을 맛이겠지, 안 그래?
개만도 못한 대통령이 안 되기는 쉽다.
후려치든 짓밟든 죽이지만 않으면 되니까.
그러나 개 같은 대통령이 안 되기는 정말 어렵다.
개 같은 대통령이 무엇인지 깨닫고 나면
벌써 날은 다 새고 말 테니까.

개보다 더한 대통령들

고깃덩어리를 물고 가던 개가 다리 위에서
강물에 비친 물속의 개를 향해 짖었다.
그 고깃덩어리를 뺏고 싶었던 것이다.
그러나 자기 고깃덩어리마저 물속에 처넣고 말았다.
이것은 누구나 아는 이솝이야기.

가난한 나라의 돈 몽땅 긁어 해외로 빼돌린 대통령들.
백성이야 굶어죽든 말든 혼자만 똥배 채운 대통령들.
아들딸들 친인척들 너는 한 탕 나는 두 탕
알고도 모르는 척 고개 돌린 대통령들.
정치자금 사업자금 평화자금 통치자금,
고대 그리스의 궤변철학자들마저 울겠다.
개는 개니까 고깃덩어리 하나만 탐냈지
개보다 더 한 대통령들은 백성을 통 채 삼켰다.
그런데 그들이 어떻게 얼마나 먹어치웠는지는

아무도 모르고 알아볼 길은 막혀 있다.

개보다 더 한 대통령은 누구나 할 수 있다.

너무나도 쉬운 일이다.

그러니까 대개는 그렇게 한다.

나라에 따라 극히 예외적인 경우도 있지만.

그래서 언젠가는 새로운 이솝이야기가 나올 것이다.

고깃덩어리를 물고 가던 개가 다리 위에서

강물에 비친 개를 향해 짖다가 고기를 잃었다.

영리한 개는 물속으로 텀벙 뛰어 들었다.

그리고 고깃덩어리를 문 채 익사하고 말았다.

이런 개보다 더 한 대통령들은 앞으로 무슨 짓을 할까?

바로 그것이 참으로 궁금하기만 하다.

호랑이는 절대권력 또는 탐욕 자체를 가리키는데 둘 다 만족을 모른다. 만족이나
자기억제를 아는 사람은 진짜 독재자도 아니다. 독재자는 결국 호랑이에게 잡혀 먹
히고야 만다.

대통령 후보가 많아 행복한 나라

대통령 되기가 평생소원이라는 아이들이
골목마다 넘치는 우리나라는
진실로 진실로 행복하다.
반백년도 안 되는 짧은 역사 속에
이토록 다양한 대통령들을 체험한 우리나라는
더없이 더없이 행복하다.

아무개는 왕이 되려다가 추방당하고,
아무개는 남의 총으로 일어났다가
남의 총에 맞아 거꾸러지고,
아무개는 얼굴마담 자리에 앉았다가
자기가 주인인 줄 착각해서 망신만 당하고,

아무개는 덤으로 받은 모자를
권리도 없는 자에게 양보한다며

비겁한 성명서를 낸 뒤 벙어리가 되고,
아무개는 그 모자를 밤에 슬쩍 강탈하고
한동안 잘 나가다가 감옥에 가고,

또 아무개는 사자 앞에 춤추는 여우처럼
남의 장단에 놀아나다가 역시 감옥에 가고,
아무개는 자기 평생소원은 이루었지만,
국민의 간절한 염원은 개죽으로 쑤어대면서
스스로 세종대왕쯤 된다고 자화자찬이다.
그 뒤에 나올 아무개는 또
어느 개를 잡을 것인가?

어느 대통령을 본받으라고 아이들에게
가르쳐야 옳을지 난감하기 그지없다.
대통령이란 수많은 월급쟁이 가운데
가장 그럴듯하게 보이고 가장 분주하고
가장 외로운 월급쟁이일 뿐인데,
왜들 70이 넘어서도 그 자리를 탐내는가?

누가 뭐래도 대통령 되기가 평생소원이라는

아이들이 동네방네 개미떼처럼 우글거리는
우리나라는
진실로 진실로 행복하다.

대한민국 만세! 대한민족 만만세!
절규하다가 목청이 터진들,
웃다가 비웃다가 울다가 미친들
영 시원치가 않은 우리나라는
진실로 진실로 행복하다.
철없는 아이들이 너무 많으니까!

민주공화국으로 출발한 지도 어언 60여년이 지났으니 지금쯤이면 민주주의가 제법
확립되었어야 마땅하다. 그러나 나라를 실제로 움직이는 것이 헌법과 법률이기는
커녕 지방색, 파벌, 학벌, 금권 등을 배경으로 하는 제왕적 대통령이라고 생각하는
사람들이 대부분이 아닐까? 이런 판에 대통령이 되겠다고 아우성치는, 수많은 자천,
타천 예비후보들의 검은 속셈이야말로 빤하다.

개에 관한 명상과 망상

잘 될 나무는 떡잎부터 알아본다는 거야.
개꼬리는 삼 년 두어도 황모 못 된다잖아.
그런데 저 높은 곳에서 천하를 굽어보면서
개만도 못한 시래기 아들놈들이 회전의자 돌리면서
지금 무슨 생각을 하고 있는 거야?

어느 놈 등을 쳐서 수백 억불쯤 요절낼까 그 생각이야?
어느 년하고 줄행랑치려고 개떡 같은 속 수작이야?
돈맛에 걸신들린 년 놈이 아무리 사랑을 속삭여본들,
살맛(肉味)이 살 맛을 돋구어준다 목청껏 외쳐본들,
자기네도 모르는 개 쇠 발괄을 누가 알아본다는 거야?

개뼈다귀에 은 올리는 짓거리나 척척 해대면서도
부정부패 뿌리 뽑겠다니, 백년하청 연목구어 아니야?
개 못된 것은 들에 가 짓는다더니!

개 머루 먹듯 일하고 국물 구멍이나 쫓아다니는 주제에
개 보름 쇠듯 하는 축들은 북어 패듯 윽박지르면서도
단결과 화합을 합창하자니, 소가 웃을 노릇 아니야?

까딱수에 장땡잡고 나서 공자왈 맹자왈 주절거린다면,
강똥이나 쌀 대변인이 개방 귀 같은 시시한 발표나 하고
은근슬쩍 거짓말로 법에다가 똥칠이나 한다면,
높은 자리란 개발에 편자 아니야?
독재가 지겹다고 개 꼬락서니 미워서 낙지 산다더니
지금 벌이고 있는 굿판은 도대체 어느 산골 굿이야?

개하고 똥 다투랴 말리는 사람도 많기는 하다만,
개가 안방 차지하고 사람이 길거리로 내몰린 판국이라면,
개하고 똥 다투는 게 뭐가 창피하다는 거야?

개꿈 속에 멍석말이가 제격인 작자들이 어쩌다가 때 만나
망나니 칼을 마구 휘둘러 준마들의 목을 치고
똥개들 몸은 비단으로 칭칭 휘갑쳐도
쥐새끼처럼 아무도 찍 소리 못하니 이상하잖아?

잡소리 제하고 한 마디만 더 한다면,

개에 관한 명상은 사람만이 할 수 있는데

그 명상을 개들은 죽었다 깨도 이해 못하는 거야.

그러니 깨어나지 못할 개꿈 속에서 개 헤엄치는 거야.

입만 열면 나라 사랑, 민족 사랑을 외치는 자들, 국가발전을 위해서라면 분골쇄신하겠다고 큰소리 탕탕 치던 사람들이란, 그 정체를 알고 보면, 뒷구멍으로 호박씨나 까고 사리사욕에 눈이 완전히 멀어 미칠 지경인 자들이 대부분이다. 상당수(대개는 송사리나 깃털)는 들통이 나서 쇠고랑을 차지만, 워낙 힘센 거물이나 몸통들은 끝까지 무사한 경우도 적지 않다. 선진국보다는 후진국에서 이러한 현상이 더 심하다. 그러니까 그들이 내거는 공약이나 정책이 그럴듯할수록, 번드르르할수록 한층 더 그 속임수를 조심해야만 한다.

부정부패를 뿌리 뽑겠다고 나서는 자들이야말로 참으로 의심스럽다. 그것이 실천과 모범을 통해서가 아니라 그냥 입으로 토해내는 말만 가지고 되는 일이라면, 수천 년 전에 이미 사방에 지상낙원이 건설되었을 것이다. 한 마디로, 무능하거나 속이 시커먼 자들이 권력을 잡도록 돕는 것은 자기 전 재산은 물론, 목숨마저도 그 처분을 위임하는 위임장에 눈 감고 도장 찍는 자살행위다. 그러나 이러한 자살이 과연 한두 번에 그쳤단 말인가?

개혁 행진가곡

곡조 : 인생이란 무엇인지 청춘은 즐거워♪

개혁이란 무엇인가? 청춘은 즐거워!
개혁하면 할수록 온 세상은 춤을 춘다.
부수고 또 부수면 그 얼마나 속 시원해!
썩은 것은 도려내고 낡은 것은 불태워라!
이 밤이 가기 전에 몽땅 개혁하자!

얼씨구~ 절씨구~ 씨~구 씨~구 들어간다.
너도 먹고 나도 먹고 모두 먹고 배터지자!

개혁이란 무엇인가? 신세대는 행복해!
개혁 개혁 말만 해도 온 세상이 믿어준다.
소리치고 또 치면 뭐든지 우리 맘대로
기성세대 타도하고 새나라를 건설하자!
이 밤이 새기 전에 몽땅 몰아내자!

얼씨구~ 절씨구~ 씨~구 씨~구 들어간다.
너도 나도 한 자리씩 빙글빙글 돌려먹자!

개혁이란 무엇인가? 사랑은 멋있어!
우리 님이 위대하니 온 세상이 감격한다.
사랑하면 할수록 님은 더욱 위대해
온 세상을 확 바꾸고 깨끗하게 전진하네.
천년만년 만수무강 개혁 만만세!

얼씨구~ 절씨구~ 씨~구 씨~구 들어간다.
잘들 논다 시기해도 우린 행복해!

선거에서 이기기는 이겼다. 권력도 잡았다. 그러나 자기편이 잘나서가 아니라 상대방이 지지리도 못나게 굴어서 이긴 것이다. 그런데도 마치 적진을 점령한 점령군처럼, 막강한 완장이라도 찬 듯이 날뛰는 꼴이란! 자기들 눈에 꼴 보기 싫은 것은 뭐든지 때려 부수려고 덤빈다. 거기 이렇다 할 이유도 없다. 그런 걸 개혁이라고 막무가내로 우겨댄다. 그러고는 끼리끼리 전리품을 나누어 먹는다. 고작 5년에 불과한 정권이다. 결국 설사, 아니면 피박이다.

웬 말이 그렇게 헤퍼?

너처럼 말 잘하는 사람 아직 못 봤어.
그러니까 넌 잘 났어. 잘 났으니 출세했고,
출세했으니 팔자가 늘어졌겠지.
그런데 웬 말이 그렇게 헤퍼?
몸 헤픈 계집도 아니면서,
배가 고픈 거지도 아니면서
도대체 뭘 먹자고 그렇게 헤퍼?

너처럼 솔직하게 말하는 사람도 처음이야.
그러니까 넌 참 멋있어.
멋이 있으니까 인기 얻었고,
인기 얻었으니까 뭐든지 굴러들겠지.
그런데 웬 입을 가만히 내버려두지 못해?
어항 속 금붕어도 아니면서,
챗바퀴 돌리는 다람쥐도 아니면서

군것질에 그렇게도 걸신 들렸어?
손바닥 뒤집듯 너처럼 아침저녁으로
아주 쉽게 말을 뒤집는 사람 흔한 줄 알아?
네 혓바닥은 손바닥이야?
넌 혀로 마구 사람을 때리고 있잖아?
심심풀이로! 실실 웃어가면서!
그러니까 넌 하늘이 낸 위인이야.
위인이니까 아무리 제멋대로 놀아도
끽 소리 하는 놈이 곁에 있을 리가 없지.

넌 참으로 아는 것도 많아.
공부하지 않은 것도 다 안다고 하잖아.
그러니까 손이 헤픈 사람은 손을 잃고
말이 헤픈 사람은 목을 잃는다는 것도 알겠지.
그런데 웬 떡을 그리 헤프게 나눠주고
웬 말을 그리 헤프게 사방에 흘리는 거야?
아무리 무식해도 딱 한 가진 기억할 게 있어.
아무도 믿지 마!
너 자신도 믿지 마!
바로 그거야.

국회란 개새끼들이 모인 곳이 아니다

- 개 병원 풍경

검은 개가 흰 개를 향해 무섭게 짖어댄다.
"이 개새끼야!"
흰 개는 흰 이빨에 침 흘리며 절대 기죽지 않는다.
"야, 그럼 넌 개새끼 아냐?"
흰 장갑 낀 여자가 검은 개는 불알을 까고
그 섹시한 손가락 놀려 흰 개에게는 재갈 물린다.

국회란 개새끼들이 절대로 모일 리가 없는 곳이다.
그런데 툭하면 여당 의원이 야당 의원에게 삿대질이다.
"이 개새끼야! 입 닥쳐!"
졸지에 개가 된 그는 입을 더 크게 벌리고 게거품을 뿜는다.
"너야 닥칠 입도 없지. 그러니까 너 진짜 강아지 맞지?"
80대 염색 흑발 의원이 여당 의원에게 찬사를 띄운다.
"잘 했어! 충성스러워! 그래서 선생님이 널 좋아하지."
국세청 직원들이 몇몇 신문사를 잡아먹을 듯 노려보는 한 해.

빨간 가방을 들고 흰 장갑을 낀 여자는 검은 개가

자기에게 여당인지 야당인지 헷갈리기만 한다.

검은 개가 왜 자기 뒤를 졸졸 따라오는지 깨닫지 못한다.

그러나 개는 어디까지나 개지

그 이상도 그 이하도 결코 아니다.

구린내 나는 비단 팬티 입고 그런 개를 달고 다니는

그 여자는 도대체 뭐 하는 여자일까?

'국회'는 영어 national assembly의 직역인데 사실은 오역이다. '국립 조립공장'이 라고 해야 옳을 것이다. 각양각색의 어중이떠중이들, 남녀노소 시정잡배들과 다를 바 전혀 없는 자칭, 타칭 저명인사들이 날마다 거침없이 내뱉는 욕설, 자신만만하 게 보여주는 난투극과 폭력사태, 명백한 범죄인들의 체포 거부(방탄!!! 와하하!), 기 타 각종 철면피, 파렴치, 꼴불견들을 조립하는 것이다. 물론 국립이니까 국가 예산 을 왕창 들여서 잘도 조립한다. 그런 걸 조립해서 어디다 쓰는지는 그들 자신도 모 를 것이다. 어쨌든 국회란 개새끼들이 모인 곳이 절대로 아니라고 절대로 믿고 싶 지만, 아무래도 자신이 없다. 어딘가 제갈공명 같은 인물이 있다면, 몰래 찾아가서 라도 물어보고 싶은 심정이다.

꼴 보기 싫은 신문들 목 졸라 죽이기

꼴도 보기 싫은 신문들 모조리 목 졸라 죽여라!
지명 수배된 그의 사진이 날마다 보도되니
두목은 독이 올라 그렇게 악을 쓸 만도 했다.
충성! 충성! 또 충성! 졸개들이 사방에서 소리쳤다.
그리고 즉시 신문들의 목을 찾아서 흩어졌다.

한 놈은 신문을 둘둘 말아 비틀어 가지고 돌아왔다.
각종 신문을 밧줄로 꽁꽁 묶어 돌아온 졸개도 있었다.
푸줏간 쇠갈고리로 신문을 꿰차고 온 놈도 있었다.
이 멍텅구리들아! 땅강아지만도 못한 놈들아!
두목은 열이 뻗쳐서 뇌일혈로 졸도할 지경이었다.

신문의 목을 찾아 졸개들이 다시 흩어졌다.
눈을 까뒤집고 방방곡곡 이 잡듯이 뒤졌다.
신문의 목을 숨기는 자는 사형이라고 소리쳤다.

그러나 신문의 목은 자라 모가지인지, 꼭꼭 숨었는지
아무리 돈을 풀어도 찾아낼 수 없었다.
그들은 도청, 미행, 푸닥거리 하며 아직도 찾고 있다.
두목의 손자가 노망할 때까지도 찾아 헤맬 것이다.

자유언론이나 언론의 자유란 원래 각 언론 매체가 특정인, 특정 세력, 특정 가치관 등을 자기 마음대로 지지하거나 반대하는 것이다. 그게 자유라는 것이다. 당연히 편파적이다. 아니, 그래야만 한다. 엄정 중립이나 절대적 공정보도란, 아무리 언론 기관이 그것을 내세운다 해도, 말짱 헛소리다. 정기 구독자를 많이 끌어 모으려는 얄팍한 상술에 불과하다. 똑똑한 독자는 절대로 속지 않는다.

언론, 특히 신문의 근본 속성이 이러한데도 불구하고 자기를 비난하거나 조롱하는 기사가 게재되었다고 해서 그 신문을 미워하거나 잡아 죽이려고 든다면 그처럼 어리석은 짓은 없다. 더구나 비교적 정확하게, 제법 사실대로 보도한 것에 대해 발칵 화를 내거나 정정 보도를 요구하는 것은 미친 짓이다. 명예훼손으로 고소하는 것은 더욱 미친 짓이다. 묵살하는 것이 최고다. 그보다 더 좋은 것은 자기 자신이 정직하게, 올바르게 처신하는 것이다. 그런데 지위가 높을수록 이런 바보짓이나 미친 짓을 더욱 많이 한다. 권력과 금력에 취해 더욱 오만방자하기 때문이다.

물론 언론의 횡포는 가관이다. 아니, 차마 눈 뜨고 볼 수가 없을 지경이다. 특히 사이비 좌파, 사이비 우파 따위로 갈린 신문, 방송 등의 횡포란 가히 세계 신기록에 올라갈 정도의 광란상태다. 그런 것도 언론의 발전 또는 약진이라고 하는가?

분서갱유

옛사람들의 훌륭한 모범 기록한 책들은 모조리 불태워라!
사람답게 사는 길을 가르치는 학자들은 구덩이에 처넣어라!
중국을 최초로 통일한 절대 권력의 진시황제는 그렇게 했다.
독일을 손아귀에 움켜쥔 독재자 히틀러도 그렇게 했다.
종교의 이름으로 예언자들과 성자들이 무수히 살해되었다.
오늘도 민주주의의 탈을 쓴 폭도들이 그런 짓을 한다.
진리의 이름으로 예언자들과 성자들이 침묵을 강요당한다.

독재자들도 민주주의의 탈을 쓴 폭도들도
머리에 뿔이 나기는커녕 언제나 점잖은 신사들이다.
우아한 음악에 맞춰 샴페인으로 축배도 든다.
독선적 종교지도자들도 머리에 뿔이 나기는커녕
언제나 경건한 표정에 입만 열면 진리와 사랑이다.
장엄한 음악에 각자 자기 신에게 제물을 바친다.
자기 자리를 지키기 위해서라면 그들은 모두

적하고도 손을 잡고 공동의 적은 거침없이 제거한다.

분서갱유는 그리 어려운 일이 아니다.

말 한 마디 눈짓 하나 법률 한 줄로 간단히 해치운다.

펜은 칼보다 약하다!

그것이 그들의 신념이자 신앙이다.

분서갱유는 반만 년 인류 역사의 빛나는 전통이다.

오늘도 그 전통은 동서양에서 철저히 지켜지고 있다.

강요당한 침묵이 너무나 무거워서 지구마저 비틀거린다.

그러나 지금도 누군가 책에 기록하고 있다,

금지된 진리를….

그리고 누군가는 외치고 있다,

사람답게 사는 그 길을….

개사모 회원들에게

- 개를 사랑하는 모임

개를 정녕 사랑한다면 개를 개답게 자연스럽게 키워라.

성대 제거하고 암캐 난소 제거하고 수캐 거세하지 마라.

개털을 염색하지 말고 개발에 구두를 신기지 마라.

개는 개집에서 자는 것이 제 격이니

사람이 자는 침대에서 끼고 자지는 마라.

개를 너무나도 사랑하는 나머지 침대에서 끼고 자겠지만,

까딱하면 엉뚱한 짓을 한다고

다른 사람들에게 오해받기 쉬우니 조심하라.

발정한 개를 함부로 끌고 나와 산책하면서

다른 개와 아무 데서나 xx 시키지 마라.

그것은 개 주인의 평소의 버릇을 의심하게 만들고,

미성년자들의 성감대를 공공연하게 자극시키는

풍기 문란 행위이다.

사랑한다던 개를 야산이나 고속도로에 버리는 식으로

고려장을 하지 마라.

그것처럼 개만도 못한 짓은 없다.

이러한 충고를 따를 자신이 없다면

개를 사랑한다는 말조차 하지 마라.

개에게는 그런 사람의 알량한 사랑 따위가 필요하지 않다,

비록 말은 못 하지만….

교주가 무슨 짓을 하든, 무슨 범죄를 저지르든 상관없이 무조건 추종하는 신도를 광신도라고 한다. 광신도들은 사이비 종교들에만 있는 것이 아니다. 역사와 전통을 자랑하는 멀쩡한 종교들 안에도 적지 않다. 다만 그들을 광신도가 아니라 독실한 신도라고 부를 뿐이다. 그런데 광신도들이 믿고 추종하는 것은 교주의 가르침보다는 교주 자신이다. 그러니까 그의 가르침이 옳으냐 그르냐 하는 것은 문제가 되지 않는다. 교주가 세상에 살아 존재하는 것만으로 충분하다.

개를 개답게 올바로 사랑하는 것이 아니라 자기 식으로, 제멋대로 사랑한다고 자칭하는 자도 광신도와 조금도 다름이 없다. 그에게 광신의 대상이 되는 교주란 바로 '나는 개를 진심으로 사랑한다' 고 철석같이 믿는 착각 그 자체다. 그래서 개가 괴로워하든 말든, 죽든 말든, 그것은 전혀 문제가 아니다. '나는 개를 사랑한다' 고 하는 신념이 식지 않는 한, 그는 개사모의 영원한, 열렬한 회원이다. 아무개 아무개를 지지하는 모임, 누구 누구를 후원하는 모임, 모모 팬클럽 등도 역시 광신도들의 집단이라고 할 수 있다. 정치판에서 권력을 쥐거나 좋은 자리를 차지하려고 날뛰는 상당한 세력의 집단이라면 더욱 그렇지 않을까? 무서운 세상이니 만만하게 보지 마라.

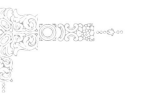

애견센터

애견센터 진열장에서는 참으로 다양한 개들이
우리에 갇힌 채 재롱을 떤다.
나를 골라 가세요!
말 잘 듣고 즐겁게 해드릴 게요!
팔려 가면 살고, 안 팔리면 보신탕.
개들이 떠는 아양은 목숨을 건 도박.

저명인사 명단은 참으로 다양한 인물들이
이력서의 감옥에 갇힌 채 노래하는 곳.
나를 골라 가세요!
말 잘 듣고 목숨 바쳐 충성하겠어요!
발탁되면 고위층 실세, 떨어지면 찬밥 신세.
그들이 떠는 아양도 목숨을 건 서커스.

아무리 귀여운 강아지도 언젠가는 버림받게 마련.

애완용 강아지처럼 놀면 사람도
언젠가는 강아지 신세로 전락하게 마련 아닌가?
주인이라고 쥐뿔 나게 더 나을 것도 없다.
그 역시 더 힘 센 주인의 강아지에 불과하니까.

애견센터 진열장은 그야말로 개판.
오늘도 개끼리 서로 물고 뜯는다.
나를 골라 가세요!
충성! 충성!
그 난장판에서는 아무도 살아남지 못한다.

진딧물이 개미 뒷구멍을 졸졸 따라다니는 것은 거기서 나오는 단물을 빨아 먹기 위해서다. 개미 뒷구멍에서 단물이 더 이상 나오지 않는다면 진딧물은 싹 돌아서서 다른 곳으로 갈 것이다. 진딧물은 개미를 좋아해서 따라다니는 것이 결코 아니다. 그러면 개미는, 멍청이 바보라서, 진딧물이 자기를 좋아해서 따라다닌다고 믿을까? 천만에!
정권이란 불과 몇 년 못 가서 바뀌게 마련이다. 그런데 바뀔 때마다 각계각층의 자칭 인재라는 자들이 눈에 핏발을 세운 채 감투 사냥에 나서는데 그 꼴이 마치 애견센터의 개새끼들과 똑같다. 충성? ㅎㅎㅎㅎ!

밉살스러운 개

그놈 참 잘 생겼다고 보는 이마다 칭찬한다.

머리에서 발끝까지 부드러운 흰 털의 단벌외투 걸치고

두 눈도 초롱초롱하다.

개 중에서 제법 우아한 자태를 자랑하고

살랑살랑 꼬리치며 다가오는 애교도 만점이다.

귀엽다고 쓰다듬어주면 쾌감을 음미하듯 눈을 감는다.

그러나 돼지갈비는 게걸스럽게 물어뜯으면서

주인이고 뭐고 거들떠보지도 않는다.

소리쳐 불러도 먹이를 빼앗길까 경계할 뿐이다.

그럴 때는 사나운 들개와 다름이 없다.

반갑다고 꼬리치며 껑충껑충 뛰어 달려들면

깨끗한 바지를 마구 구기고 흙칠을 해댄다.

그럴 때는 밉살스럽기가 그지없다.

버릇없는 아이들이 꼭 그 꼴이 아닐까?

돈이나 권력에 환장해서 멀쩡한 눈 까뒤집고 돌아다니는

무수한 남녀 잡배들은 개보다 나은 것이 무엇일까?

먹고 자고 싸고 새끼 내지르는 일이 고작

사람이 한 평생 할 일이란 말인가?

백악관 수석비서의 동생이라고 자칭하는 자를 미국 대기업의 회장이 이사로 영입했다는 뉴스는 듣도 보지도 못했다. 버킹엄 궁전의 청소담당 실장의 사돈의 팔촌이라고 해서 영국 대기업의 회장이 정규직원으로 채용했다는 뉴스도 물론 없다. 선진국일수록 소위 '문고리 권력'이라는 것이 통하지 않는다. 아니, 권력에는 문고리라는 것이 아예 존재하지도 않고 존재할 수도 없다. 그러니까 '문고리 권력'이 얼마나 잘 통하는지 여부에 따라 선진국과 후진국이 갈리는 것이다.

하기야 후진국에서도 권력층은 '문고리 권력'의 존재를 부정한다. 공공연하게 인정하기가 창피해서 그럴 것이다. 그러나 현실에서는 '문고리 권력'이 엄연히 존재할 뿐만 아니라 그 위력이 어마어마하게 막강하다. '문고리 권력'이라는 말만 들어도, 전화 한통만 받아도 재벌 회장들이 벌벌 긴다. 그 이유는 권력층 자체가 '문고리 권력'을 평소에 부추기고 그 위력을 즐기기 때문이다. 아울러 뒷구멍으로 실익을 챙길 수도 있기 때문이다.

물어뜯는 개

싸움 잘 하는 개는 콧등 아물 날이 없다.
사람 물어뜯는 개는 몽둥이에 후려 맞지.
신문지만 보면 물어뜯는 개는
신문지나 둘러쓰고 그슬려서 보신탕이나 될까?
싸움도 버릇되면 안 하고는 못 배기지.
개는 개니까 그래.
물어뜯는 것도 재미 들리면 좀이 쑤시지.
가만히 얌전히 있을 턱이 있나?
개 버릇 남 주는 거 봤어?
무슨 갠데 버릇이 그토록 고약한가?
사냥개야 불독이야 아니면 똥개야?
꼴은 영락없는 똥개인데 종류가 아주 요상해.
똥개가 절대 아니라고 주인이 우기니까 말이야.
믿거나 말거나! 불쌍한데 믿어줄까?
어차피 좋은 세월 지나면 토사구팽 아니겠어?

토끼 고기 삶던 바로 그 솥에 제 몸이 들어가지.

아아, 침 넘어간다.

토끼보다 더 맛 좋은 개고기! 개고기!

나치 독일의 게슈타포, 구 소련의 케이지비, 일본제국의 헌병대 따위는 암살, 학살, 고문, 기타 각종 범죄로 악명이 높다. 문자 그대로 무수한(!) 사람이 억울하게 희생되었다. 독재체제의 절대 권력자란 그 명칭만 다를 뿐 권력의 앞잡이를 항상 거느리고 있다. 최고로 대우해주며 우수한 인재들을 양성한다.

그러나 술자리에서라도 헛소리를 하거나 자기 비위를 거슬리는 짓을 하는 자에 대해서는 재판이고 나발이고 없이 당장 처형해 버린다. 처형 수단으로는 기관총도 박격포도 아끼지 않는다. 대량 처형이 필요한 경우라면 아마 미사일, 핵무기마저도 눈 하나 깜짝하지 않은 채 동원할 것이다.

그런데 멀쩡한 선진국이라는 곳에 네오 나치라는 것이 있다. 극우파 조직들이라는 것도 있다. 남의 나라 땅을 자기네 영토라고 우기면서 예전의 제국주의의 영광(?)에 대해 향수를 느끼는 자들이 적지 않다. 과거의 전쟁 범죄, 인권 유린 등에 대해서도 그것이 모두 허위, 날조에 불과하다며 명백한 증거와 기록마저 부정한다. 그들은 정신이상자들도 아니고 실업자들도 아니다. 전현직 수상들, 상하원 의원들마저도 한통속이다. 한심한 놈들이라고 욕한다고 그만인가? 유비무환! 자강불식! 또 당하기 싫다면, 자기 자신을 지킬 힘을 길러야만 한다.

몰매 맞는 개

온 동네 싸돌아다니며 심부름도 썩 잘 했지.
돼지 입에 주먹코에 지지리도 못났지만
목청 하나 기차게 좋아 산과 들에 쩌렁쩌렁.
초상집에서 떡 얻어먹고 기생집에서 고기 먹고
밤길에는 눈이 밝아 술 취한 놈들 구해줬지.
누구에게나 꼬리치며 살금살금 뒤따르니
어느 누가 요놈 개를 귀엽다고 안 하겠나?

그러다가 어느 날 문득 개가 웃기 시작했지.
동네사람 노는 꼴이 너무 너무 우스웠지.
밥그릇싸움 물싸움에 걸핏하면 패싸움.
복권이다, 아파트다, 돈이라면 눈에 핏대.
코흘리개 새끼들조차 주먹 마구 휘두르고 ,
힘 센 놈이 돈 빼앗고, 성희롱도 다반사라.
거짓말로 찜 쩌먹고 걸핏하면 기억 안 나.

참다 참다 개마저도 미친 듯이 웃어댔지.
꼬리도 안 흔들고 아무나 보고 짖어댔지.

멍석말이 몽둥이찜질 그게 바로 개 팔자다.
뼈도 하나 못 추리게 흠씬 얻어맞는 거다.
깨갱깨갱 울다가 지쳐 기절해버리고 말았지.
몰매 맞기 난생 처음 그럴 줄이야 몰랐지.
안하던 짓 자꾸 하면 몰매란 당연하지.
사람들이 귀여워할 땐 그 속셈을 알아야지.
건방지게 비웃거나 마구 짖어대다가는
아무리 무쇠 뼈도 성한 게 하나도 없지.
어차피 죽을 몸이라면 몰매 맞아 죽는 것이
개 팔자 가운데는 상팔자가 아니겠나!

멍청한 개새끼들

개는 자기 최대 수명이 15년인 줄 모른다.
자기 나이 몇인지도 모른 채 먹기만 한다.
주는 대로 받아먹고, 없으면 빌어먹고,
자기 똥도 냠냠, 남은 것 저장할 줄도 모른다.
아무나 보고 꼬리 살랑살랑 흔들며 재롱떨고,
아무 개나 올라타고 씨를 뿌린다.
아무 데서나 올라타고 신사 숙녀들을 쳐다본다.
그러다가 몽둥이에 맞으면 깽깽 비명 올린다.
그놈의 물건이란 들어갈 땐 쉬어도 나오기란 어렵다.
조급하게 빼려 하면 힘만 들지 안 나온다.
돌팔매도 날아오고 뜨거운 물도 벼락이다.
나이 값도 못하는 멍청한 개새끼들
아무것도 생각하는 게 없고, 희망도 없고,
제 몸값이 얼마인지 언제 제일 비싼지도 알지 못한다.
그러나 개장사는 안다.

보신탕 집 가마솥에서는 벌써 물이 끓고 있다.
멍청한 개새끼들은 왜 태어났을까?

기는 놈 위에 걷는 놈 있고 걷는 놈 위에 뛰는 놈 있다. 뛰는 놈 위에 나는 놈 있고 나는 놈 위에 (로켓처럼) 솟는 놈 있다. 솟는 놈이 최고냐? 천만에! 솟는 놈 위에는 (블랙홀처럼) 모든 것을 빨아들이는 놈이 있다. 그럼 그 놈이 최고냐? 천만에! 심지어 그런 놈 위에도 '죽음의 신'은 도사리고 있다! 누구나, 동서고금을 막론하고(!), 예외도 없이(!), 그 신의 포로(밥)가 되는 것은 시간문제다.

그런데도 불구하고 사람들은 흔히 자기보다 약한 자, 어려운 처지에 놓인 자를 바보 또는 '루저'(loser, 패배자, 낙오자)로 여긴다. 그러고는 세상에서 제일 잘난 듯이 으스대며 남들을 짓밟는다. 제 아무리 잘나봤자 얼마나 잘났는가? 제 아무리 출세한들 얼마나 했단 말인가?

천하 갑부? 갑부도 갑부 나름이지. 사람이란 누구나 다 '비교적' 그렇고 그런 존재가 아닌가! 잘났다고 날뛰는 자들이야말로 멍청한 놈들이다.

그러나 자기 줏대도 없이 남의 장단에 맞춰 허깨비 춤이나 추는 사람들은 더욱 한심하다. 남들이 하니까 나도 한다? 유행이니까 따른다? 아니, 그럼, 사교 교주의 지시대로 광신도들이 집단 자살하는 경우와 마찬가지로, 남들이 독약을 마시니까 나도 따라서 마신다 이건가? 멍청한 개는 원래 개니까 그나마 길거리를 방황하면서도 연명할 수 있다. 하지만 로봇처럼 행동하는 멍청한 인간은 살아 있다 해도 산 것이 아니다. 으슥한 곳에 꼭꼭 숨은 채 그들을 조종하고 있는 검은 세력의 먹이일 뿐이다.

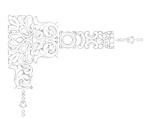

발정한 개새끼들

암캐가 곁눈질하며 몸을 비비튼다.
수캐가 침을 질질 흘리면서 달려든다.
두 마리 개새끼가 한 몸이 된다.
산에서도 들에서도, 공원이든 광장에서도
둘은 황홀하게 한 몸이 된다.
하늘이 무너져도 한 몸이 된다.

발가벗은 여자가 몸을 비비꼰다.
후끈 단 사내가 침을 질질 흘린다.
그리고 둘은 한 몸이 된다.
안방이든 호텔이든 고위층 저택이든
둘은 찰싹찰싹 한 몸이 된다.
천장이 무너져도 한 몸이 된다.

돈 생기는 건수들이 방귀를 뀐다.

투기꾼, 권력층, 정치가, 재벌들이 침을 흘린다.
이놈 저놈 딱 붙어서 한 몸이 된다.
몸통 깃털 분간 없이 한 몸이 된다.
아무리 정권이 바뀐다 해도
어느 놈이 어느 놈인지 구별할 수 없다.

공자, 맹자, 석가, 예수, 예언자도 팔아먹고,
천당, 천국, 극락, 낙원, 지옥마저 팔아먹고,
교회도 절도 십자가도 양심마저 팔아먹는다.
그러고도 밤이 되면 둘은 한 몸이 된다.
천지가 개벽해도 둘은 한 몸이 된다.

발정한 개새끼들에겐 몽둥이가 만병통치.
돈에 눈먼 남녀에겐 쇠고랑이 특효약.
둘이 한 몸이니 한꺼번에 철거덕!
하늘이 무너져도 골방에다 처넣은 채
돈방석 돈침대에서 한 몸으로 썩게 하라!

미친 개새끼들

미친 개새끼들이 사람을 문다 미쳤으니까.
미친 개새끼들이 지랄을 한다 미쳤으니까.
그런데 사람도 사람을 물어뜯는다.
어느 놈이 미쳤는지는 알 길이 없다.
멍석도 깔지 않고 게거품을 뿜어댄다.
왜 지랄이냐? 아무 데서나 서로 욕지거리다.
어느 놈이 진짜 지랄을 하는지도 알 수가 없다.
사람이 사람을 물어뜯을 때는
미친 개새끼들이 몰려들어 구경을 한다.
그리고 입을 모아 소리친다.
저 미친 개새끼들 좀 봐라! 꼴~ 좋다!
개 눈에 보이는 것은 똥만이 아니다.
미친 개새끼들보다 못한 사람들도 보인다.
오늘도 사람이 사람을 물어뜯는다.
하나 둘이 그렇다면 천하는 태평성대.

갈가리 찢겨 죽는 놈, 고기 씹는 놈 많기도 하다.

태초에 인간은 모두 식인종이었다고 지껄이는

학자가 있다면, 그는 과연 미친놈일까?

지금도 여전히 인간은 모두 식인종이라 소리친다면,

그런 예언자는 과연 미친놈일까?

미친 개새끼들이 사람을 물어뜯는다.

지금도 사람들은 아무 데서나 서로 물어뜯는다.

개가 사람을 물면 뉴스가 아니지만 사람이 사람을 물면 뉴스가 된다는 말도 이제는 구석기시대의 유물이다. 차라리 사람이 사람을 물면 뉴스가 아니지만 사람이 사람을 잡아먹으면 뉴스가 된다고나 해야 사람들이 고개를 끄덕일 것이다. 그것은 현대판 식인종의 출현을 뉴스로 인정해서가 아니라 고대의 식인 습관에 대한 향수에 젖어 입맛을 다시기 때문이다.

사실 아프리카에서 마지막 식인종이 사라진 19세기까지 인류역사상 사람이 사람을 잡아먹은 숫자는 (통계는 없지만) 그리 엄청나지는 않을 것이다. 하지만 전쟁은 바닷가의 모래알보다 더 많은 사람을 죽였다. 1차대전과 2차대전에서만 수천 만 명이 목숨을 잃었다. 먹지도 않으면서 왜 그렇게 많이 죽였느냐? 유럽인들이야말로 야만인이다. 그렇게 질책한 아프리카의 추장의 말은 옳은가, 그른가? 또한 각종 혁명의 깃발 아래, 독재자들의 정권 유지의 미명 아래 희생된 무수한 생령들의 운명은 뭐란 말인가!

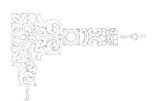

버림받은 개새끼들

어쩌자고 주인 하나 잘못 만나 충성을 바치다가
늙거나 병들거나 기운도 털도 다 빠져서
피도 눈물도 없는 주인한테 버림을 받았던가?
평소에 온 동네 사람 사랑을 받았더라면
딴 집에서나마 밥은 얻어먹을 것을,
길거리 쓰레기통이나 기웃거리며
썩은 생선 대가리에 허겁지겁 달려드나?

주인이 개가죽마저 벗겨 팔아먹지 않았다 해서
그토록 감격하여 아직 충성을 맹세하나?
가을비에 지는 낙엽 머지않아 찬바람인데,
암캐들은 달아나고 강아지 떼는 흩어졌나?
작은 개집 하나면 평생 편히 살 것을,
무얼 많이 얻어먹자고 큰 재산을 욕심냈나?
양 떼, 소 떼, 돼지 떼 보는 족족 몰아다가

주인 혼자 먹으라고 푸줏간을 채워줬나?

버림받을 짓 안 했어도 버림받는 게 개 팔자다.

버림받을 짓을 한다면 맞아죽을 팔자다.

이래도 맞고 저래도 터지고 이판사판 죽을 판.

일단 버림받으면 개 족보가 무슨 소용?

진돗개든 똥개든, 난장판에서 피 본 개

거적에 둘둘 말려 하수도에 버림받을 신세.

그제야 주인새끼 개 손자보다도 못한 새끼,

거품 물고 저주한들 그게 무슨 소용이냐!

중국에서 유방이 한나라를 세울 때 일등공신은 당연히 한신이었다. 그러나 한신은 결국 유방의 손에 죽었다. 그리고 토사구팽이라는 명언을 남겼다. 토끼가 죽고 나니, 즉 사냥 거리가 다 없어지고 나자, 주인이 사냥개를 삶아 먹는다는 말이다. 오스만 터키 제국에서는 총리(수상)에서 말단 관리에 이르기까지 모든 관리는 최고 지도자 술탄의 노예였다. 문자 그대로 노예였으니까 토사구팽이다 뭐다 말할 여지도 없다. 절대왕정이나 제국주의 시대 때 다른 나라들의 경우도 다를 바가 없다. 명색이 공화국이라고 해서 토사구팽이 없다고 믿었다가는 남보다 먼저 당하기 십상이다.

죽어가는 개새끼들

개 백정들이 사방에서 올가미를 던지던 시절에도
이토록 무수한 개새끼들이 길바닥에 엎어진 적은 없다.
코 깨지고 다리 절고 숨을 헉헉 몰아쉬며
여기도 한 무더기 저기도 한 무더기 죽어 가는 개새끼들.
에미 개들은 바람났나 나 몰라라 달아나고,
애비 개들은 개집에서 쫓겨난 때가 아득하다.
가뭄에 흉년도 아닌데 먹을 것이 바닥나니
개를 잡는 백정들마저도 못 살겠다 아우성.
개 목장의 주인 작자란 어디서 무슨 잠꼬대하나?
골프채나 휘두르며 사냥개들 칭찬이나 하나?
죽어 가는 개새끼들은 좀 같은 개 졸개들.
흉년에도 살찐 개들은 고기만 뜯는 미친개들.
죽은 개새끼들은 묻어줄 손마저 없다.
죽어 가는 개새끼들보다 죽은 개새끼들이 더 행복하다.
행복은 무슨, 행복 개새끼들이 무얼 알아?

그래도 개 목장 주인은 오늘도 휘파람 분다.
끝없이 넓은 땅이 모두 자기 땅이라고!
아무리 넓어도 개새끼들의 공동묘진 줄도 모르다니!

남의 집을 마구 부수거나 불태우는 것도 자기 자유라고 우기는 자들이 있다. 그러나 그들은 남이 자기 집에 그런 짓을 하려고 들면 몽둥이로 때려죽이거나 기관총이라도 쏠 것이다. 자기가 남을 반대하는 것은 자유지만 남이 자기를 반대하는 것은 절대로 용납하지 않는 자들이다. 천상천하 유아독존! 자기들만 사람이고 남들은 모두 쓰레기만도 못한 적이다.

사실 이런 무리는 자유민주주의 체제에서 살아갈 자격이 없지만, 무장폭동을 일으키지 않는 한, 이런 무리마저도 포용하는 것이 자유민주주의의 아량이다. 물론 그들은 이러한 아량에 고마운 줄조차 모른다.

그들은 자유가 전혀 없는 곳에 이민을 가면 그제서야 깨달을까? 자유가 무엇인지 깨달을 때, 아니, 깨닫기도 전에 집단 수용소에 갇히든가 사회에서 제거될 것이다. 자유가 없는 곳에서는 '자유란 무엇인가?' 라는 질문마저도 던질 수가 없기 때문이다. '우리는 왜 자유가 없는가?' 라고 중얼거리기만 해도 반동분자, 반역죄로 몰려 총살당할 것이다.

굶주려 죽어가는 개는, 삶 자체가 고통이기 때문에, 이미 죽은 개를 부러워할 것이다. 그러나 자유가 전혀 없는 곳의 주민들은 오히려 죽어가는 개마저도 부러워할 것이다.

고관들 저택 개들은 털도 가죽도 좋다

동양이든 서양이든 또 어느 시대든
고관들 저택 개들은 털도 가죽도 좋다.
살찐 몸통에는 근육도 튼튼하다.
침을 질질 흘리는 이빨은 무시무시하다.
귀가 빳빳이 서고 눈에 살기를 띄는 것은
고관들이 날마다 큼직한 고깃덩이를 던져주기 때문이다.

그들은 자기 돈으로 사서 고깃덩이를 던져줄까?
그렇다면 그들은 충신이다. 재빨리 밀려날 것이다.
그러나 세금을 축내서 고깃덩이를 마련한다면,
그들은 영악한 간신이다. 나라 망치고 자기만은 산다.

고관 집 개들은 민가의 똥개들을 물어 죽인다.
자기 이빨의 힘을 유지하려는 유쾌한 스포츠,
또는 이빨의 힘을 과시해서 주인에게 아첨하고

더 큰 고깃덩이를 얻어먹으려는 보신책이다.
고관들도, 그들 저택의 개들도 보신책에는 명수다.

그러나 고깃덩이란 무한정 나오는 것이 아니다.
온 나라 방방곡곡 목장들이 모조리 문을 닫고
가축이 사라지고 나면,
고관들은 자기 집 개들로 보신탕을 만든다.

이윽고 늑대들이 몰려와 고관들을 잡아먹는다.
똥개들마저 씨가 말라버린 나라에서
왕이 갈 곳은 어디인가?
늑대들 눈에 왕이 과연 무엇으로 보이겠는가?

한 지역, 나아가서는 나라 전체를 쥐락펴락하는 세도가들의 저택에는 주인에게 충
성을 맹세한 소위 가신이라는 작자들이 언제나 득시글거리게 마련이다. 그들은 주
인의 개들에게도 굽실거리고 아양을 떤다. 개만도 못하다.
그렇다고 해서 그 주인은 개보다 더 나은가? 자기보다 더 큰 세력을 휘두르는 자 앞
에서 꼬리를 내리지 않는가? 자기에게 묵직한 돈 보따리를 자주 던져주는 자에게
굽실거리며 추파를 던지지 않는단 말인가?

개새끼들의 호화 무덤

부잣집 개들은 개들의 공원묘지에 묻힌다.
살아서는 날마다 고깃덩이에 샴푸 목욕 즐기다가
죽어서는 값비싼 관 집을 삼아 잔디밭에 눕는다.
그 얼마나 멋진 개들의 일생이냐!

국가발전 애국애족 주둥이 나발 불어대며
서민들에게는 화장하라 위협하던 권력층은
이웃 사람 죽어도 눈물 한 방울 안 흘리더니
자기 개가 죽으면 구슬피 통곡한다.
가난한 집 개들은 살아도 산 목숨이 아닌데
부잣집 개들은 죽어도 죽은 목숨이 아닌 것이다.
특권층의 개 사랑이란 갸륵하고 거룩하다.

공원묘지 개들 몸은 썩지도 않는단 말인가?
가난한 집 개들 몸이야 어디선들 안 썩는가?

이래도 썩고 저래도 썩을 짐승들의 몸인 것을,
남녀노소 불구하고 개를 사랑하던 사람들마저도
언젠가는 땅 속에서 썩어버릴 몸인 것을
산 사람 입에 친 거미줄도 걷어주지 않는 주제에
개들의 공원묘지 얼씨구 절씨구 잘도 논다.

개를 개답게 대우하지 않고 사람처럼,
아니, 이웃 사람보다 더 극진히 취급하는 것은
개에 대한 모욕이고 사람에 대한 모독이 아닌가!
개는 그런 사람을 자기 동족으로 보거나
개만도 못한 것으로 여겨 비웃을 것이다.
개를 사랑하면 개들에게 짓밟히고 만다.

남들의 목이 단두대에서 뎅겅 뎅겅 잘릴 때는 껄껄 웃던 혁명가가 알량한 자서전을
쓰다가 펜촉에 손가락이 찔리자 '나 죽는다!' 비명을 내질렀다. 암살자가 펜촉 끝에
독을 발랐을까?
군에 입대하는 것은 2-3년 썩는 것이라며 자기 자신은 물론이고 아들마저 병역 기
피하게 만든 고관들이 한둘이 아닌 나라도 있다. 바다와 산이 마르고 닳도록 천 년
만 년 잘도 번영할 나라다! 맞지요, 맞고말고요!

똥개들의 운동대회

동네 똥개들이 운동장에 모두 모여 운동을 한다.
똥을 빨리 싸기, 많이 싸기 운동을 한다.
각양각색 궁둥이를 까놓고 열심히 괄약근 운동.
누가 똥개를 똥개라고 불러주지 않을까봐
똥개운동대회라고 커다란 현수막도 내걸었다.

달밤에 누가 제일 요란하게 짖는지 시합도 한다.
누가 제일 야하게 낑낑대는지 내기도 한다.
맵시 있게 꼬리치기, 우아하게 하품하기,
조용히 방귀뀌기, 자기가 토한 오물에서 나뒹굴기,
누구 귀가 제일 긴가, 누구 콧구멍이 제일 깊은가,
별별 내기와 시합에 정신없이 날뛰다가
이 년 이 년 합해서 네 년이 정신없이 달아난다.

관람석을 가득 채운 것도 역시 암캐, 수캐, 똥개들.

선수 똥개들은 자기와 죽이 맞는 똥개들만 초청했다.
그러니까 선수들이 아무리 개판을 쳐도 우레 같은 박수.
똥개들이 벌려봤자 개판밖에 또 있겠나?
똥개들이 치는 박수 그렇게도 영광인가?
개판에는 개평 없고 영광 굴비 다 썩었나?
환호하는 똥개들 눈에는 똥개밖엔 안 보인다.

'이 세상에 똥개 없으면 무슨 재미로
달이 떠도 똥개 해가 떠도 똥개
똥개가 최고야!'
응원가 소리에 온 동네 지붕이 무너진다.
똥개 축에 못 낀 잡개들 억장이 무너진다.
똥개들이 날마다 밤마다 즐기는 똥을
잡개들은 한 덩어리도 얻어먹을 수가 없기 때문이다.

똥개운동대회는 참으로 위대한 장관이다.
동네 문화행사 가운데 가장 멋진 예술 걸작이다.
그래서 위대한 똥개 두목들이 시상식장에 나타나
우수한 똥개들 목에 금메달을 달아준다.
그 중에서도 최고의 금메달은 역시

가장 구린 똥을 가장 많이 싼 똥개가 차지한다.

똥개 두목들을 비롯하여 선수 똥개들.
관람석의 암캐, 수캐, 똥개들이 만세 삼창을 한다.
똥개 동네 만세! 마르고 닳도록 만만세!
그리고 감격의 눈물 흘리며 개집으로 돌아간다.
캄캄한 밤이 더욱 깊어만 간다.

'운동권' 이라는 용어가 한 때는 유행했다. 운동 자체가 직업인 프로 선수들, 즉 스포츠맨들의 클럽인가 했더니 무식이 깡통이라고 혼쭐이 났다. 여기서 '운동' 은 스포츠가 아니라 영어로 movement라는 것이다. (영어 좋아하시네!) 그럼 그건 새마을 운동의 운동과 같은 것인가? 이쯤 되자 운동권 투사가 화를 버럭 냈다. 자기네 운동과 새마을 운동을 동일한 차원에서 취급하는 것은 치욕, 모욕, 모독이란다. 보수 꼴통들이나 하는 개수작이란다. 허연 게거품이 하늘을 온통 뒤덮을 지경이었다.

아하! 전혀 다른 것이로구나! 알고 보니, 군사독재 반대투쟁, 대개 그런 것인 듯 했다. 독재를 반대하는 운동이라면 좋다.

군사 독재든 민간 독재든, 독재는 독재니까, 모조리 반대하는 것이 옳다. 그래야만 마땅하다. 군사 독재는 반대해야 하지만 선거를 거친 민간 독재에 대해서는 모른 척해도 된다는 식은 말이 안 된다. 하기야 어불성설인 말도 옳다고 우겨대는 사람 앞에서는 공자, 맹자, 제갈공명, 아니, 소크라테스, 석가, 예수마저도 어이가 없어서 입만 딱 벌리고 있을 것이다.

그런데 자기 말은 뭐든지 다 옳고 남의 말은 하나도 옳지 않다고 마구 우겨대는 무리가 득세를 한다. 그러면 자기들이 '운동' 을 할 때는 언론의 자유를 목청이 터져라 외치더니, 득세한 뒤에는 반대세력의 언론의 자유를 깡그리 봉쇄하려고 든다. 자기 패거리와 의견을 달리하는 무리를 반개혁, 반사회 세력이라고 규탄한다.

백색 테러가 따로 없다. 흑색 테러, 적색 테러만 무서운 게 아니다. 때로는 백색 테러가 더 무시무시하다는 것도 역사 기록에는 있다. 테러 자체가 사람을 사람으로 보지 않고 파괴해야만 할 물건으로 취급하기 때문에 가공할 괴물인 것이다.

그들의 속 알맹이 정체가 바나나인지 홍당무인지도 모른 채 부화뇌동하는 민초들이 어영부영 그들을 지지한다. 권력을 거머쥔 그들은 적의 고지를 점령한 점령군으로 돌변한다. 개혁 구호의 플래카드와 승리의 깃발이 사방에 즐비한 가운데 각자의 투쟁 경력에 대한 품평회를 연다. 전리품의 분배를 위해 필수적인 행사다.

민주화 투사! 그 얼마나 멋지고 영광스러운 칭호인가! 그런 칭호를 받으면 그 얼마나 큰 명예인가! 명예란 그 자체만으로도 충분한 것이니까 그걸로 대만족인 것이다. 누구나 다들 그렇게 생각했다. 본인들도 그렇게 여기는 줄 알았다. 그런데 보상 운운하는 말이 만원 지하철의 방귀 냄새처럼 솔솔 새어나왔다. 수천 만원! 수 억 원! 전사한 장병들의 유가족들이 수억 원을 받았던가? 아니, 요구한 적이 있던가? 이순신 장군은 먼 예전의 인물이라서 그렇다 치고라도, 이준열사, 안중근 의사를 비롯한 수많은 독립 운동가들의 후손들은? 독립운동이야말로 유일무이한 진짜 운동이 아닌가!

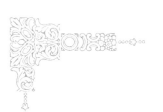

시골촌놈의 서울구경

두메산골 시골촌놈이 난생 처음 서울구경을 한다.
이것도 신기하고 저것도 기묘하다.
여자들 머리는 노랑머리, 파랑머리, 빨강머리.
남자들이 귀에는 귀걸이, 코에는 코걸이.
어느 새 서울에는 서양 씨가 이렇게 많이 퍼졌나!
모양새는 서양종인데 말은 아직도 토종말이다.

외국말 모르면 어떠냐? 나라고 못할 게 뭐냐?
나도 할 수 있다! 뭐든지 다 할 수가 있다!
시골촌놈이 드디어 서울 사람이 되기로 결심했다.
노랑머리에 귀걸이, 카드 긁어서 외제차도 샀다.
삼십육계 기념아파트 18층에서 한강 물을 내려다본다.
유람선은 그림 같고 대교들은 꽃뱀 같다.
발렌타인 30년 한 잔 쭉~ 들이키니, 천하가 내 것이고
촌년 마누라 누운 침대마저 영락없는 무릉도원.

그런데 이게 뭐냐? 아파트가 온통 불바다다.

촌놈은 18층에서 다이빙, 다행히도 한강에 풍덩!

새빨간 알몸으로 삼십육계 줄행랑.

동양 최대 아파트는 눈 깜짝할 사이에 폭삭.

헬기가 뜨고 사이렌도 앵앵대는데 촌놈은 한숨 푹푹.

서울이 좋다지만 나는 아주 지긋지긋하다.

숲을 이룬 빌딩들도 하나같이 삼십육계 기념아파트.

다시는 서울에 안 온다. 꿈에 볼까 겁난다.

알몸으로 돌아간 그는 급성폐렴으로 급사했다.

수백 억 원의 예금통장을 가진 사내가 최고급 자기 아파트에서 마누라 손에 살해되었다. 수천 억 원의 재산가가 청부살인을 교사한 혐의로 재판을 받는다. 수백 만 원짜리 미용수술, 정형수술은 새 발의 피에 불과하다. 산사태가 아파트 단지를 덮쳐도, 도로가 여기저기 푹푹 꺼져도 구렁이 담 넘어가듯 은근슬쩍 지나간다. 지하철 열차가 탈선해도 그럴 수도 있지 하며 무덤덤하다. 백층짜리 빌딩이 폭삭 무너져야 놀랄까? 도심 한복판에 미사일이 떨어져야 소스라치게 놀랄까? 서울 사람들 간도 크다! 아니, 간이 아예 없다!

진짜 사나이 개봉 박두

어느 촌에나 유지는 있게 마련.
그가 가는 곳마다 내미는 것은 촌지.
그 봉투 뒷간에서 몰래 열어보는 것이 개봉이야.
무협영화의 개봉부 따위 떠드는 자는
어느 촌에 가도 멍석말이 감이야.
입이 비뚤어진 사람들만 모여 사는 동네에서
입 바른 소리해서 성한 놈 봤어?

그럼 박두는 뭐냐? 헤딩이냐?
꼬치꼬치 대들지 말고 국어사전 찾아봐.
일생에 단 한번은 그걸 찾아봐야 사람이다.
적어도 이 땅에 태어났다면!

어쨌든 모처럼 개봉 박두 한단다.
개와 봉이 박두를 한단 말이다.

단군 이래 인기 최고라고 자부하는 탤런트가,

재수도 더럽게 없지,

그만 스캔들에 휘말려

지상최대의 양심선언 쇼를 한다 이거야.

공짜 쇼라면 아비 제사마저 거른 채 몰려가는 군상!

탤런트가 뭘 보여주겠다는 거냐?

촐랑촐랑 그렇게 안달에 재촉하지 마!

개와 봉이 박두를 한다 그랬잖아!

흠! 온 동네 애들도 처녀들도 빤히 처다보는데

그가 뭘 보여주겠어?

진짜 자기 물건 내놓을 용기가 있다면

그야말로 진짜 사나이지.

넌 그럴 용기 있냐? 묻지 마!

유명한 자기 물건을 보여주겠다더니 돌아서서 지퍼를 내린 인기가수의 행동은 한
낱 우스개 해프닝에 불과했다. 그러나 평화와 번영을 약속한 자들의 그 약속만은
영원히 개봉박두에 그칠 뿐, 한 번도 진짜로 개봉된 적이 없다. 믿은 자들만 한심한
졸일까?

물장사는 아무나 하나

물장사라고 비웃어? 너 정말 잘 났다.
그런 거? 아니, 그런 건 아무나 하나?
우선은 물이 뭔지 알아야 면장이지.
내가 먼저 냉수 먹고 속 차리고 있어야
놈팡이, 나으리, 깡패 따위에 요리조리 안 터지지.
물을 먹여도 기분 좋게 먹여놔야
흐물흐물 멍청이들 돈 빼먹을 길이 있지.

물을 먹긴 쉬워도 먹이는 건 대단한 노동이야.
노조 회원은 양반이고 우린 노동자야.
몰랐어? 너 사람이야 귀신이야?
물 먹이는 기술 하루아침에 배우는 줄 아나?
기초화장 3년에 아양떨기 3년
그러고도 한참이나 몸 굴려야 물 먹이는 기술자야.
암, 기술잔 당연히 머리마저 잘 굴리는 거야.

남의 돈은 아무나 먹나?
뭐 도둑? 누가 누구더러 하는 헛수작이야 이거?
물을 먹이기는커녕 헛바람이나 잔뜩 넣어준 뒤
후원, 지원, 찬조, 헌납 따위 고상한 이름으로
뭉턱뭉턱 싹쓸이해 가는 자들은 그럼 뭐야?
난 최소한 남들을 기분 좋게 만들잖아!
저 신선 노름꾼들은 남들 기분만 잡치게 해.
몰랐어? 너 정말 사람이야 귀신이야?

억울하면 너도 물장사 해봐.
이거 아무나 하는 게 아니란 걸
집안이 거덜나야 비로소 깨달을 거야.
겁나지? 그럼, 입 다물고 잠이나 자.
혼자는 못 자? 지지리도 못난 놈!
잘 땐 누구나 혼자서 영원히 자는 거야.

봉이 김선달은 영원하다

봉이 김선달은 우리보다 공해를 더 잘 알고 있었다.
힘없는 백성 곤장 치는 데는 시간이 모자라지만
기생 끼고 달이야, 구름이야, 술잔에는 시간 철철 남는
탐관오리들은 분명히 공해가 아니었던가!

그들이 언제 백성들 다리 편하게 해주려고 길을 닦았으며
서민 아낙네들 손등 터질까 염려해서 집집마다
우물을 파주려고 생각이나 했던가?
왕은 있어도 허수아비 또는 그들과 한 패인 것을,
하늘을 원망한들, 신세를 한탄한들
땅에 떨어진 정의에 언제 싹이 돋아난단 말인가?

그래서 봉이 김선달은 대동강 물을 팔기 시작했다.
말하자면 맑은 냉수 택배의 선구자였다.
그런데 우리는 수많은 냉수 장사치들을 본다.

그들은 지금이 지독한 공해시대라고,
그래서 맑은 물로 대청소를 하겠다고 증언한다.
정 그렇다면 진짜 냉수나마 대주면 등창이 나나?

구정물을 천연수로 속여 아이들 뱃속에 처넣질 않나,
공장 세운다고 은근 슬쩍 뇌물 처먹질 않나,
날마다 더욱 뻔뻔해지는 그들 짓거리나 말 따위를
봉이 김선달이 환생해서 본다면 뭐라고 호통칠까?
줄줄이 오라질 놈들! 그럴까?
아이고, 형님들! 제가 그만 지고 말았구면요! 이럴까?

봉이 김선달은 역시 영원하다.
그러나! 그러나! 그러나!
탐관오리 뺨치는 자본 오리들이란
하늘이 무너지면 절대로 솟아나지 못할 놈들!

뇌물은 괴물

검은 것도 흰 것으로 둔갑시키는 뇌물.
잘난 애비가 못난 자식도 크게 출세시키는 뇌물.
뇌물은 과연 위대한 도깨비,
온 세상이 모두 엎드려 숭배하는 귀신,
무시무시한 괴물이다.

조금 바치고 많이 얻어먹는 놈은 영악한 괴물,
바친 만큼 제 밥 찾아먹으면 본전 괴물,
아첨이나 바치고 크게 출세하는 놈은 대박 괴물,
많이 바치고 뺨이나 맞는 놈은 등신 괴물.

어마어마한 뇌물을 꿀꺽하고도
끄떡없는 놈은 불가사리 괴물,
부스러기나 먹고 토해내는 놈은 위장병 괴물,
적게 먹고 가는 똥 싸는 놈은 쥐벼룩 괴물,

많이 먹고 굵은 똥 싸는 놈은 기둥서방 괴물,
툭하면 손 벌리고 억지로 바치게 하는 놈은 거머리 괴물,
졸개 이름 빌려 한 탕 두 탕 크게 탕탕 치는 놈이야말로
괴물들의 대왕인 그림자 괴물 아닌가!

뇌물의 뿌리가 깊은 나무는 바람에도 아니 흔들리고,
뇌물의 샘이 깊은 강은 불황에도 아니 마르는 법.
그러나 뇌물을 바치는 놈은 괴물,
뇌물을 밝히는 놈도 괴물,
괴물을 보고도 멀거니 구경만 하는 놈도 역시 괴물,
뇌물이 거침없이 오가는 나라는 도둑 떼의 소굴일 뿐이다.

뿌리 깊은 나무는 바람에 흔들리지 않는다는 용비어천가의 구절은 양날의 칼이다.
나무도 나무 나름이라서 좋은 목재 감이 있는가 하면, 좋은 나무의 성장마저 방해
하는, 쓸모없는 나무도 많기 때문이다.
뇌물의 뿌리가 깊으면 그야말로 눈에 보이지 않는 대재앙이다. 뇌물과의 전쟁이 필
요한 이유가 여기 있다. 그런데 대가성이 있느냐 없느냐 운운하는, 참으로 한가롭
고 교활한 무리 때문에 당장 실시해야 마땅한 뇌물 근절 조치법이 아직도 마련되지
못하고 있다니! 입법부란 입으로만 법을 외치는 곳인가?

청렴결백 시합

청렴한 관리는 청군, 결백한 관리는 백군이 되어
어느 가을 날 웅변대회를 열었다.
막상막하, 난형난제, 마지막 순간까지 동점.
드디어 승부는 관중의 박수로 결정하기로 하고
다음 날 아침까지 쉬기로 했다.

귀뚜라미 우는 가을밤은 고요한 줄 알았다.
청군은 청렴하니까, 백군은 결백하니까
모두 조용히 집에 가서 자는 줄만 알았다.
그러나 승부 전날 밤 어느 바보가 잠을 자나?
양쪽 진영에서 돈이 강물처럼 흘러나갔다.

다음 날 아침 관중이 정확하게 둘로 갈라졌다.
박수소리 크기도 양쪽이 정확하게 똑같았다.
남은 길은 단 하나, 주먹뿐이었다.

관중들이 치고받기 시작하자 운동장이 피로 물들었다.
청군과 백군도 드디어 백병전을 벌였다.

친척, 친지, 동창에 동원부대마저 전국에서 몰려들어
치고받고 치고받고 난장판이 확대되었다.
경찰이 포위하고 주모자들을 체포했다.
그들은 경찰마저 매수하려 은밀히 공작했다.
그들은 하나도 청렴하지 않았다.
그들은 조금도 결백하지 않았다.

청렴한 관리들만 모인 곳이라면 누가 청렴한지 조사할 필요도 없고, 누가 더 청렴
한지 경쟁할 필요도 없다. 자기가 청렴하다고 떠드는 자는 의심받아 마땅하다. 대
놓고 말을 안 한다 뿐이지 민초들은 어느 관리가 청렴한지 다 알기 때문이다. 결백
도 역시 그러하다.
그런데도 굳이 청렴위원회, 결백위원회 따위를 만든다? 그 위원들은 정말로 청렴하
고 결백할까? 감사원의 감사위원이 뇌물죄로 적발되는 판국에 어느 미친놈이 어느
미친놈의 청렴결백을 믿어준단 말인가? 수만 가지 위원회도 말짱 도로 묵이다!

발탁과 발딱

누더기를 발로 탁 걷어차면
먼지가 풍풍 피어오른다.
뇌가 별로 좋지도 않다고 제 입으로 자랑하는
그 사람이 먼지 푹푹 들여 마시면서 말한다.
이런 게 발탁이라는 거야!
먼지 같은 감투들이 그 앞에서 설설 긴다.
역시, 과연, 정말, 그의 발탁은 다르다!

깊은 산 속 으리으리한 방에 홀로 앉아
그가 낄낄대며 웃고 있다.
끼리끼리 모인 감투들이 어리둥절해지면
그는 손뼉마저 짝짝 치면서 소리친다.
난 농담인데 진담으로 알아듣다니,
세상엔 정말 바보밖에 없지 않냐 이거야!
역시, 과연, 참말, 그 사람만 빼고 다 바보다!

사방에서 감투가 땅에 탁탁 떨어지고
풀죽은 사람들이 발딱발딱 일어선다.
발탁의 명수는 발딱 세우는 데도 명수.
역시, 과연, 정말, 그의 발딱은 다르다!

그런데 도대체 누가 그를 발탁했나?
그는 누구 앞에서 발딱 서는가?
그의 풀이 죽을 때
천하의 풀은 모두 시들기라도 하는가?
뇌가 정말 좋지 않다면
뇌수술이 필요하지 않을까?
이것도 농담?

막강한 어르신네가 어디 내놓아도 손색없을 탁월한 인재들을 발탁했다고 한다. 그
어르신네는 참으로 천리안이고 발탁된 인재들 역시 더할 나위 없이 고결하고 유능
할 것이다. 아무렴! 어련하실라고! 그런데 낙마라니! 이게 무슨 개떡 같은 헛소린가!
갑자기 발딱 일어서는 것은 갑자기 팍삭 풀이 죽는 법이란 말인가? 어느 외국인의
푸념: 아, 한국말~~, 징그럽게 어려워유~~~

제2부

정치가와 원숭이

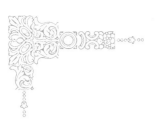

정치가와 원숭이

참으로 위대한 지도자는 이제 모두
움직이지 못하는 동상으로 변했다.
그러나 동상이 모두
참으로 위대한 지도자는 결코 아니다.

정치가는 원숭이처럼
가장 훌륭한 지도자를 흉내 낸다.
그러나 진짜 원숭이는 되지 못한다.
원숭이가 정치가를 흉내 낼 수 있지만
정치가는 결코 되지 못한다.
정치가가 되지 못하는 것이 오히려
원숭이에게는 진실하고 영구한 행복이다.

정치가는 위대한 지도자를 본 적도 없고
알지도 못한다.

그런 인물이 되고 싶지도 않고
아무리 애써도 될 수도 없다.
다만 자기 자신을 억지로 기형으로 만들어
보이지도 않는 대중의 환심만 사려 한다.

남의 종노릇을 해야만 하는 그 자리에
서로 앉겠다고 다투는 사람들을
누가 제 정신 박힌 사람이라 하겠는가?
자기 능력을 과신하거나 과대평가 하거나
선천적으로 과대망상 병자가 아니라면,
누가 종의 자리를 탐내겠는가?

그러나 정치가는 저마다 자기만이
그 자리에 가장 적합하다고 선전한다.
얼마나 갸륵한 정성인가!
얼마나 눈물겹게 감동적인 희생정신인가!
얼마나 위선적인 흉내인가!

원숭이마저 정치가의 가면을 알고 있다.
그러나 정치가는 원숭이의 참 얼굴을 모른다.

그러니 인간의 참 얼굴을 어찌 알겠는가?
원숭이는 원숭이이기 때문에 흉내 내지만,
원숭이도 결코 못 되는 정치가가
남의 흉내만 내다니, 이게 무슨 꼴인가!

참으로 위대한 지도자는 이제 모두
움직이지 못하는 동상이 되고 말았다.
그렇다고 모든 동상이
가장 훌륭한 지도자는 결코 아니다.

'정치가' 란 나라와 국민을 위해 자기를 희생하는 사람이고, '정상배' 란 정치가인 척하면서 사실은 사리사욕에만 눈이 벌건 자다. 그런데 이 두 말의 근본적인 차이를 정치판의 본인들은 모른 척하거나 착각하는 척하는 반면, 대부분의 유권자들은 동일하다고 혼동한다.

원숭이는 나무에서 떨어져도 원숭이지만 정치가는 선거에서 낙선하면 아무 것도 아니라고 하는 말이 있다. 여기서 말하는 정치가는 물론 정상배를 의미한다. 낙선하면 그는 단물을 챙길 기회를 잃기 때문이다. 그러나 진짜 정치가는 낙선해도 다음 기회를 위해 백의종군한다. 단물 따위 보기를 돌 같이 하기 때문이다.

도굴범들의 천국

낮에 보면 점잖은 신사 숙녀 여러분이다.
기념식장에서는 언제나 맨 앞자리,
거창한 상도 훈장도 남보다 먼저 탄다.
아들딸 결혼시킬 때는 파리 떼처럼 새카맣게
몰려드는 사람 물결, 초청한 적이 없단다.
파리, 모기, 구더기, 초청 받아야 몰려드는 거 봤어?
검은 차에 검은 유리창 그 안에서 뭘 하는지 모르니까
파리, 모기, 구더기 떼를 지어 몰려들지. 뻔하잖아!

밤만 되면 그들은 갑자기 분주해진다.
그렇지만 어디 가서 뭘 하는지 누가 알아?
누굴 만나 무슨 개수작하는지 또 누가 알겠어?
알 만한 사람은 다 안다 해도 누가 입을 열어?
멍청이가 멍청한 소리 지껄인다고 해서 세상이 변해?
세상이 변한다 해서 그들이 눈이나 깜짝 해? 어림없잖아!

남의 눈을 피해 그들은 쉴 새 없이 도굴한다.
돈 되는 것이라면 뭐든지 마구 파서 자루에 처넣는다.
지하실에 차고에 베란다에 장롱에 꼭꼭 눌러 쌓아서
돈 썩는 냄새가 천지를 진동해도 계속해서 도굴한다.
배운 짓이 도굴뿐이고 도굴만이 유일한 취미,
그 짓을 그만 두면 세상 살 맛 싹 가신다.
아침에도 도굴, 저녁에도 도굴, 도굴이 최고야!

방방곡곡 모조리 도굴해 버리자.
하도 도굴해서 온 땅이 푹 꺼져 바다에 잠겨도 좋다.
돈 보따리만 챙겨 외국으로 날라버리면 광땡이잖아!
도굴은 세상에서 제일 크고 맛있는 굴이잖아!
이제는 뻔뻔스럽게 대낮에도 마구 도굴한다.
어느 놈이 감히 우릴 건드려? 아이고, 무서워라!
파리, 모기, 구더기 떼를 지어 박수친다. 만수무강!
오, 대~한민국! 짝짝짝! 오, 대~한민국! 짝짝짝!

그들이 도굴하면서 영영 망가뜨리고 죽이는 것은,
그것은 바로 우리의 멀쩡한 정신이다.
미친 듯이 박수치며 환호하는 정신 나간 사람들은

바로 이 사실만 모르고 있다.

모조리 도굴당해도 억울할 게 없는 사람들이다.

참으로 잘 났고 위대하고 멋진 인생이다.

신사임당 얼굴이 찍힌 오만 원짜리 지폐가 전국에서 자취를 감춘다. 여러 종류의 지폐 가운데 유독 여자 얼굴이 찍힌 것이 유일해서 신기하기 때문일까? 신사임당이 레오나르도 다빈치의 모나리자만큼이나 인기 높은 미인이라서 전 국민이 앞을 다투어 명화 수집에 나섰기 때문일까? 정말로 그렇다면 우리나라는 참으로 수준 높은 선진국이다!

그런데 잊어버릴 만하면 느닷없이 튀어나오는 사과 상자나 검은 트렁크는 무엇인가? 지하 주차장에서, 고급 아파트 베란다에서 발견(?)되는 그런 물건에 차곡차곡 가득 쌓인 오만 원권 지폐 다발들은 무엇인가? 명절 선물? 아아, 갸륵하도다!

거두절미하면, 신사임당 지폐 다발들을 마구 긁어모으거나 금고에 산더미처럼 쌓아두는 자들은 날 때부터 여색을 밝히는 색마, 호색한, 섹스광일 것이다. 아니면 호리꾼들이 고분을 도굴해서 값진 문화재를 사냥하듯이, 가장 부피가 작으면서도 가장 액수가 많이 나가는 신사임당 지폐 다발을 수집하는 뇌물 전문가, 즉 뇌물 도굴범이 분명하다. 고액 수표 대신 고액지폐로 받는 그 두뇌야말로 안전을 최우선으로 삼는 천하제일의 명품이다. 그렇게도 잘 돌아가는 (순 한글로) 대갈통, 짱구를 뇌물 도굴이 아니라 좋은 일을 위해 사용했더라면 쇠고랑 차기보다 청사에 길이 남을 것이다. 아깝다? 흥!

명예훼손이 뭔지 알기나 해?

쇠고랑을 차야 마땅한 무수한 사람들이,
그리고 쇠고랑을 찬 무수한 사람들마저도
툭하면 다른 사람을 명예훼손죄로 고발한다.
사람이 사람다워야 명예란 것도 있는 법이고,
명예다운 명예가 있는 사람이라야
그의 명예가 훼손이 되든 말든 할 게 아닌가?
사람이면 다 사람이고
명예라고 떠들면 다 명예인가?

그들은 평소에 참으로 명예롭게 행동했다 이거지!
역사에 길이 남을 명예로운 위인들이다 이거지!
자식들 앞에 언제나 명예로운 부모였다 이거지!
조상들 앞에 영원히 명예로운 자식들이었다 이거지!
족보를 번쩍번쩍 빛내주는 명예로운 거물이었다 이거지!
전 세계에서 알아주는 상도 탄 명예로운 인물이다 이거지!

정말 그렇다면, 어느 놈이 감히 명예훼손을 해?

천벌을 받아야 마땅하지!

반면에 그들이 참으로 명예롭지 못한 사람들이라면,

누가 치사하게 귀찮게 명예훼손을 시도하겠어?

애당초 명예가 없으니까 사이비 명예라도 얻어 보려고

무작정 고소부터 해보는 거잖아! 여우같은 놈들!

절세의 미인은 화장을 하지 않아도, 아니, 얼굴에 석탄가루를 잔뜩 발라도 역시 미인이다. 천하에 둘도 없는 옥은 진흙탕에 빠져도 역시 빼어난 옥이다. 인류역사상 참으로 위대한 인물들은 아무리 무수한 사람이 온갖 험담과 욕지거리를 퍼붓는다 해도 위인의 명성은 조금도 시들지 않는다. 그들은 명예의 훼손이라는 것 자체를 모르고, 따라서 명예훼손죄로 남을 고발, 고소할 생각조차 하지 못한다.

진정한 명예란 자기 입으로 주장한다고 해서 억지로 얻어지는 것이 아니라 남들이 인정을 해주어야만 비로소 자연스럽게 형성되는 것이다. 복숭아나무나 배나무 밑으로 사람들이 많이 걸어 다니면 거기 자연히 길이 생기는 것과 마찬가지의 이치다. 그런데 명예훼손으로 남을 고발하는 경우가 날로 급증한다. 진정한 명예가 무엇인지 몰라서, 무식의 소치라서 그럴까? 어쩌면 명예다운 명예라고는 쥐뿔도 없는 자들이 매스컴이라도 타서 유명해지려는 흑심 때문에 그러는 게 아닐까?

특별감사

보통감사는 워낙 호인이라 쓰레기통을 안 뒤진다.
그의 빗자루는 너무 흐물흐물해서 아무리 쓸어도
쓰레기가 복도에서 없어지질 않는다.

심심풀이로 가끔 파리채로 파리나 잡고
먼지떨이로 먼지나 더 많이 피어오르게 한다.
있어도 그만, 없어도 그만.
보통감사 따위는 아무도 무서워하지 않고,
또 아무도 고맙게 여기지 않는다.

그러니까 특별감사가 나간다! 정신 차려!
책상서랍 회계장부 호주머니도 다 턴다.
구두밑창 팬티 속 비자금도 까발린다.
특별회사, 특별감투, 특별조직, 다 소용 없다.
특별감사 가는 길엔 진리뿐이다!

오, 위~대한 특별감사! 속 시~원한 특별감사!

전무, 상무 허둥지둥, 회장비서 엉금엉금.
여기저기 비명소리, 아우성에 통곡소리.
어쩌다가 우리 회사 요 모양에 요 꼴인가!
한 달 이상 더 끌다간 우리 회사 무너진다.
특별감사 특별한가? 갈아치워라! 갈아치워!
사방에서 원망소리, 눈 흘기며 협박 소리.

결국 회장은 주주총회도 거치지 않고 어영부영
특별감사를 해임해버리고 말았다.
특별감사라고 해서 특별하지도 않았다.
모두 도둑놈이라 말할 틈도 없이, 어럽쇼,
뎅겅 자기 목이 먼저 잘리고 말았다.
쇼를 구경하던 주주들만 목 놓아 울었다.
회장은 여전히 회장이지만 자기들은
주가가 폭락, 하루아침에 알거지니까.

로켓

상상을 초월하는 추진력은 무시무시했다.
온 나라를 뒤덮는 먼지구름은 아름다웠다.
높이 아득히 치솟기만 하는 로켓.
무수한 사람이 입을 딱 벌린 채 말을 잃었다.
하늘과 땅이 변하고
새 세상이 당장 닥친다는 믿음 때문에
누구나 가슴이 터질 것만 같았다.

그러나 그 로켓은 장난감이었다.
철부지도 아니고 순진한 장난꾸러기는 더욱 아닌
투기꾼들이 한밤에 쏘아 올린 멋진 쇼의 도구였다.
철부지도 맹신자도 아닌 무수한 사람들은
그들이 투기꾼임을 정녕 모르고 있었던가?
자나 깨나 그들이 노리는 것이란
오로지 돈과 노른자위와 권력뿐,

그것을 아예 짐작조차 하지 못했단 말인가?
그렇다면 도대체 누가 철부지고 또 순진한가?

엄청난 재난을 경고하는 목소리가
남쪽에서도 북쪽에서도 들려온다.
하도 속아서 이제는 아무도 믿지 않는다.
진짜 로켓도 허공에서 폭발하는 판에
누가 누구 말을 믿을 수가 있단 말인가?

그러나 오늘도 무수한 로켓이 치솟는다.
꼬리에 꼬리를 물고 치솟는 화려한 불꽃들.
투기꾼들은 밀실에서 축배를 들고
무수한 바보들만 싸늘한 방에서 신음한다.
참으로 잘 나간다던 나라의 청사진을
들개 떼가 마구 짓밟고 있다.

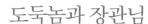

도둑놈과 장관님

여러 해 도둑질을 하다가 꼬리 밟힌 한 가지 죄 때문에
유죄판결까지 받고 감옥생활한 사람이
정치탄압이다 희생물이다 나는 억울하다고 외쳤고,
그게 아니라고 부인하던 사람은
도둑을 사면에 복권까지 했다.
그래서 도둑이 정당의 지도자나 국회의원도 되었으니
어제는 도둑놈이 오늘은 장관님이다.
대통령이 할 일이란 고작해야 도둑을
성인으로 둔갑시키고 힘없는 조무래기 잡범은
계속 감옥에 처박아두는 것일까?
큰 도둑인 자기 아들을 법의 공정한 심판에 맡긴다더니,
불면 꺼질까 쥐면 터질까 아들은 역시 아들이랍시고
법의 이름으로 슬쩍 빼돌려 아랫목에 모심도
대통령의 임무일까?
그런 것도 정당하고 타당하고 당당한 사나이다운 짓일까?

어제는 도둑놈이 오늘은 장관님이라니,
천하의 도둑들이 벌벌 떨고 설설기며
도둑질을 잘도 그만 두겠다.
끼리끼리 어울리다 배신하고 때려잡는다는데!
도둑을 가장 잘 아는 것은 바로 도둑놈들이라는데!

'오늘은 내 차례, 내일은 네 차례' 라는 라틴어 속담이 있다. 이것은 사람은 누구나
죽고, 죽는 것은 시간문제라는 의미다. 가장 평범하면서도 그 누구도 부정할 수 없
는 진리다. 다만 누구나 자기만은 예외라고 믿으면서, 아니, 믿는 척하면서 각종 비
행을 저지른다는 것이 문제라면 문제다.

그래서 '어제는 도둑놈, 오늘은 장관님' 이라는 말이 나왔다. 이거야말로 천하제일
로 기막히게 멋진 명언이 아닌가! (그러니까 이런 말을 지어낸 작가님은 정말 천재
다? ㅎㅎㅎㅎ!) 왜냐하면 도둑놈이나 장관님이나 '오늘은 내 차례, 내일은 네 차례'
라는 말도 모른 채, 모르는 척 한 채, 도둑질, 부정부패, 파렴치 범죄 등을 서슴지 않
기 때문이다. 자기만은 예외적으로 천 년 만 년 이승에서 호강하겠다는 그들의 검
은 심보는 가히 금메달 감이 아닌가!

기회주의자에게 돌을 던지지 마라

사자도 얼룩말을 덮치기에 가장 적절한 기회를 노리고
갑자기 여우를 만난 산토끼도 도망칠 기회를 노린다.
벼랑에 걸린 바위도 떨어져야 좋을 때를 노리고
땅에 솟은 꽃나무도 봉오리를 터뜨릴 때를 노린다.
누구나 목숨은 하나 뿐
그래서 제 목숨만은 귀한 줄 알고,
인생도 단 한번
그러니까 제 인생만은 맘껏 즐기려 덤비는 것이
동서고금 남녀노소를 막론하고
사람이라고 하는 기특한 짐승이 아니겠느냐?

그런데 사람이 배터지게 먹을 기회 노린다고 해서,
한 밑천 왕창 잡을 기회 호시탐탐 노린다 해서
어느 누가 감히 돌을 던지려고 하느냐?
기회란 일생에 한번 올까 말까,

어영부영 지나가면 다시 안 오게 마련 아닌가!

자기는 밤낮으로 좋은 자리 차지할 기회 노리면서도
남들을 기회주의자라고 싸잡아 욕하는 사람이야말로
낯가죽이 한없이 두꺼운 진짜 기회주의자가 아닌가!
그러나 그가 수많은 사람의 운명을 손아귀에 쥐고 있다면
그에게 함부로 돌을 던지지 마라.

그가 이빨 빠진 호랑이가 될 때까지 기다렸다가
미친개처럼 몰매 맞으며 이리저리 도망칠 때
기회를 노렸다가 구둣발로 힘껏 배를 걸어차라.
그것만이 기회주의가 무엇인지 정말 깨달은
현명한 사람의 고상한 취미가 아니겠는가!
이러한 기회주의자에게 돌을 던지는 바보가 있다면
그는 벼락 맞은 개구리 꼴이 되고 말 것이다.
기회주의자에게는 돌이 아니라 돈을 던져야 죽는 법이다.

애국가(哀國歌)

- 백수들이 외치는 일편단심

동해에선 납치되고 서해에선 총 맞아 죽네.
하늘마저 버렸는가 끙끙대는 병든 민초.
고속도로 아파트 화려 강산
온 세상에 왕따가 되도 길이 보존하세.

도봉산에 까마귀 떼 아침저녁 오락가락.
간에 붙고 쓸개 붙고 유구한 전통일세.
노른자위 단물 쪽쪽 화려 강산
뭐도 주고 뺨 맞아도 길이 보존하세.

겨울 하늘 캄캄한데 얼어 죽을 태평성대.
소경들이 길라잡이 한강에 퐁당퐁당.
파업 사태, 실업자 홍수, 화려 강산
굶어죽고 말라 죽어도 길이 보존하세.

좌우익에 지방 타령 눈물에 피 말려
너는 죽고 나는 살자 모조리 도둑일세.
머리통도 발가락도 다 썩은 강산
기막히고 숨 막혀도 길이 보존하세.

백층 이백층 빌딩이 솟을수록 그 밑에서는 그늘이 더 길고 더 넓고 더 진해진다. 백화점, 대형 마트, 각종 슈퍼에 상품이 홍수진다고 해서 지하도나 길거리의 노숙자들이 줄어들 리는 만무하다. 빈부격차가 가위 날처럼 날로 더 크게 벌어진다는 통계도 엄연히 변함이 없다. 너무 잘 먹고 잘 살아서 고혈압, 비만, 당뇨 등에 시달리는 극소수(?)의 사람들이 있는가 하면, 하루 일 달러 미만의 수입으로 굶주리는 수십 억 인구도 지상에는 분명히 존재한다.

이러한 현실은, 문제를 던지기는 하지만, 그리 놀라운 일은 아니다. 그러나 자기 나라의 국기에 대한 경례를 거부하거나 공식 행사에서 국가를 부르지 않는 자들이 있다면, 이것보다 더 놀라운 일이 어디 있겠는가? 구소련이나 동구권 국가들, 중국이나 북한 따위에서 그랬다가는 아마 총살 또는 종신징역 감이 되었을 것이다.

자유라고? 아아, 눈물겨운 자유 만세!

국기에 대한 경례
- 국기를 흔드는 자들에게 주는 경고

광장에 구름 같은 인파가 몰려들었다.
어중이떠중이 천방지축 날뛰기,
개 때려잡고 돼지 멱따는 나라의 잔치인가?
옛날에도 한 옛날 임금님의 국상인가?

국기에 대한 경례!
아무도 경례를 하지 않는다.
아니, 할 수가 없다.
제 나라 국기가 무엇인지,
어디 쓰는 것인지 알 턱이 없으니까.
고작해야 뭐 같지도 않은 낯짝에 처바르고
브레지어든 팬티든 어디 찍어도 좋은 무늬일 뿐.

남의 나라 국기라면 성질난다고 태운다.
꽹과리 꽝꽝 치며 잘도 태운다. 얼씨구!

그럴 때만 국기가 뭔지 퍼뜩 깨달았구나!
아이고! 빌어먹을! 똑똑한 내 새끼들!
지긋지긋한 꽹과리 소리에 수백만이 죽었다.
남의 집 담 넘어가면 도둑이라 안 배웠나?
대낮에 우르르 떼강도가 아닌가?
꼴 보기 싫으면 점잖게 나가라면 나갈 것을,
남의 나라 국기는 뭐 먹자고 태우나?
진짜 깡패들 국기란 불태워야 마땅한데
뭐가 그리 뒤가 구려 꿀 먹은 벙어린가?

국기에 대한 경례!
어느 미친놈이 아직도 잠꼬대냐?
그렇게 꽥 소리치는 것들이란 대개
피도 눈물도 없이 혈기만 왕성해서 날뛰는
철부지인가? 그런 척하는 늑대들인가?
아이고! 내 팔자야!
사기꾼에게 땅문서, 집문서 몽땅 내주다니!
태극기가 바람에 펄럭입니다.
국기에 대한 경례!

순국선열을 위한 묵념

목이 뻣뻣한 무리에게 충고한다.
너희가 묵념한다고 그분들의 이름이 더 빛나겠나?
착각하지 마라!
너희가 묵념한다고 기념식장이 더 빛나겠나?
꿈도 꾸지 마라!

너희가 마음속으로 묵념을 비웃을수록
그분들의 이름은 더욱 푸르게 살아있고,
너희가 밀실에서 적과 동침하면 할수록
그분들이 가신 이유가 한층 더 선명해진다.

너희가 기념식에 참석하지 않아도
그분들을 길이 기릴 사람은 얼마든지 많다.
너희 입에서 바른 소리 한 마디 없다 해도
그분들의 증언은 영원히 우렁차다.

너희 살과 뼈, 피와 숨결이 도대체 어디서 나와
오늘도 이 땅에서 유지되는 줄 아느냐?
너희가 뭐라고 감히 목에 힘주고
묵념을 우습게 여긴단 말이냐?
어디서 굴러 왔는지도 모를 말 뼈다귀들이!

순국선열, 즉 나라를 위해 싸우다가 목숨을 바친 열사들을 추모하는 묵념은 어느 나라에서나 국민의 기본적인 의무다. 최소한의 예의 정도가 아니라 절대적인 의무라는 말이다. 이것은 시대와 장소를 막론하고, 이데올로기 따위도 초월하여 아무도 부인할 수 없는 자명한 사실이다.

그런데도 순국선열을 위한 묵념을 거부하는 자가 있다면, 그는 순국이 무슨 뜻인지도, 열사가 얼마나 고귀하고 위대한 인물인지도 전혀 모르는 얼간이나 천치가 분명하다. 반면에, 다 알면서도 일부러 거부한다면, 그 어떠한 이유를 내세우든, 자기 조국에 등을 돌린, 적과 동침하는 반역자로 단죄되어야 마땅하다.

자기 조국을 조국으로 인정하지 않는 그는 그 나라의 국민이 될 자격 자체를 스스로 포기한 것이다. 그리고 국민의 자격을 스스로 포기했다면, 적국으로 밤에 몰래 줄행랑을 치거나 다른 나라로 이민을 가는 것이 자기 살 길을 찾는 도리일 것이다.

순국선열을 위한 묵념도 거부한 채 그 나라에 계속해서 거주한다면, 그것은 자기가 이적행위를 일삼는 자, 또는 고정간첩이라는 사실을 공공연하게 과시하는 것이다. 그런데도 그런 자가 무사하거나 승승장구하며 출세만 잘도 하는 나라가 있다면, 망하지 않고 버티는 것이 신기할 따름이다. 그 비결(?)은 뭘까?

조찬기도회?

로마 황제들을 위해 온갖 종교의 사제들이 기도했다.
그러나 로마는 서쪽도 동쪽도 멸망했다.
프랑스, 스페인, 영국, 독일, 러시아에서도
무수한 사제들이 왕을 위해 무수히 기도했다.
오로지 자기 나라 국왕만을 위해!
그러나 무수한 왕조의 대가 끊어졌다.
고구려, 백제, 신라, 고려와 조선 왕조 시절에도
무수한 절에서 무수히 빌고 빌었다.
그래서 그 결과는 어찌 되었던가?

샹들리에 불빛 찬란한 붉은 카펫 밟으며
나라를 움직이는 위인들이 모인 자리에 나가라.
마이크 잡고 얼마든지 길게 기도하라.
축복이 가뭄에 단비처럼 풍성하게 내릴 것이다.
그렇게 예수께서 말씀하셨던가?

웃기지 마라!
이 회칠한 무덤들아! 독사의 무리들아!
내 이름을 팔아 너희 배만 채우지 마라.
내 이름을 팔아 백성의 눈을 가리지 마라.
그렇게 말씀하시지 않았던가!

아침에 배고프면 혼자서나 밥 먹어라.
기도를 하려면 골방에서 혼자 하라.
그것도 아주 짧게! 겸손하게!
주님께서는 너희가 할 기도 미리 다 아신다.
주님 앞에서 웅변 연습 따위 집어 치워라.
아직도 조찬기도회라니! 맙소사!

전지전능한 신은 인간의 마음속을 꿰뚫어보고 그 생각조차 모조리 안다. 현재와 미래에 걸쳐서 인간에게 필요한 것이 무엇인지도 낱낱이 다 안다. 그렇지 않다면 전지전능하지도 않고 신도 아니다. 그러니까 기도를 하겠다면 각자 자기 방에 틀어박힌 채, 겸손하게(!), 진심으로(!) '침묵의 기도'를 바치는 것이 도리다. 그마저도 아주 짧게! 그렇게 해도 전지전능한 신은 다 안다. 그런데 많은 사람들 앞에서, 그것도 마이크에 대고, 장황하게 떠들어대는 기도는 도대체 무엇인가? 자기가 박식하다는 사실의 과시? 웅변 연습? 어설픈 신학 강의? 정치 선동? 아니면, 신을 귀머거리나 바보로 취급할 심보인가?

내빈 축사

겉만 번지르르하고 속은 텅텅 빈 것이 외화내빈.
엉뚱한 데 외화 퍼주고 창고 텅 빈 것도 외화내빈.
기타 등등 외화내빈을 줄여 내빈이라 한다더라.
내 말 맞아? 맞으면 좋고! 안 맞으면 말고!

내빈들이 줄줄이 나서서 축사를 한다. 지화자!
속에 든 게 있어야 들을 말이 있지. 못난 놈들!
할 말이 없으면 입이나 닥쳐야 본전이지. 등신들!
먼저 호명될수록 골이 더 빈 게 내빈 이래.
내 말 맞아? 안 맞으면 좋고! 맞으면 말고!

내빈들이 굴비 엮이듯 쇠고랑 찬다. 순금 쇠고랑!
속에 든 게 있어야 토할 것도 있지. 망할 놈들!
입이 달렸다고 거짓말만 좔좔 해대. 주리 틀 놈들!
저명한 내빈일수록 제일 먼저 풀려난다더라.

어이쿠! 역시 내빈은 내빈! 몰라 봐서 죄송. 얼씨구!

내 말 맞아?

어느 등신이 아직도 네 말을 들어?

어떠한 행사든 초대받고 참석하는 사람들은 모두 내빈이다. 그 행사를 망치거나 방해하려고 몰려드는 불청객이란 내빈이기는커녕 법보다는 주먹이 가깝다는 신념이 투철한 폭력배들, 또는 모종 세력에 매수된 직업적 꼭두각시들이다. 그런 자들을 제외한 진짜 내빈들은 행사에 참석했다는 사실 자체만으로도 이미 축하의 뜻을 충분히 표시했다. 따로 축사를 할 필요조차 없다. 그런데도 굳이 내빈들 가운데 영광스럽게도(?) 특별히 지명된 저명인사들이 축사를 한다.(그런 게 관례다? 관례라고 해서 다 옳은 것은 아니겠지.)

그들의 축사는 들어보지 않아도 뻔하다. 입술에 침도 바르지 않고 천편일률적으로 씨부려대는 칭송이다. 귀에 달콤한 용어들만 총동원된다. 한 마디로 아첨의 극치다. 겸사겸사해서 자기 자랑을 잔뜩 늘어놓는 철면피도 적지 않다. 게다가 약방의 감초 식으로 행사장을 찾아 동에 번쩍 서에 번쩍하며 바쁘기 한이 없는 자들이 한둘이 아니다. 행사의 일회용 장식품으로 동원된 엑스트라 배우 꼴이다.

그런데 축사의 공통점이 딱 한 가지가 있다. 그것은 바로 축하하는 이유다. 즉, 축하를 받는 주인공이(언젠가는 쇠고랑을 차겠지만) 아직은 자유 시민으로 건재하는가 하면(이미 이승을 하직한 줄 알았더니), 아직도 저승행 원웨이 티켓(one-way ticket)을 사용하지 않은 채 살아 있다는 사실 때문에 축하한다는 것이다. 축사를 하는 자도 축하를 받는 자도 이 사실만은, 초특급 비밀이니까, 절대로 모른다. 결국 내빈축사란 바보가 바보를 추켜세우는 것이다. 그것도 미리 서로 짜고!

천치들의 만세 삼창

오대양 육대주에 국위 선양 찬란하다.
만세 만세 만만세! 만세 만세 만만세!
삼삼칠 박수소리, 초현대식 자가발전.
대들보가 무너져도 만세 만세 만만세!
땅 꺼지고 파묻혀도 만세 만세 만만세!
기득권층 없어지니 우리야말로 기득권층.
우와! 기분 좋다! 한 잔 먹고 쿵더쿵!
너도 먹고 나도 먹고 우리만 먹고 와장창!

구경꾼도 없는데 이게 무슨 굿판인가?
미친년 널뛰듯이 난장판이나 벌이는가?
살풀이나 한풀이, 화풀이가 아니라면
코흘리개 옷소매에 코풀이란 말인가?
너도 조폭 나도 조폭 수수께끼 풀이인가?
만세 삼창 기념사진 눈알 빼는 걸작이다.

이런들 어떠하며 저런들 어떠하랴.
십 년의 절반이란 번개 같이 지나가고
역사의 무대란 허공에 걸린 무지개.
신문, 텔레비전, 민초마저도 외면할 텐데,
어쩌면 감옥 문만 활짝 열려 기다릴 텐데
뭐가 그리 좋다고 만세! 만세! 만만세! 인가?
차라리 말세다! 말세다! 그렇게나 외치지.
날 때부터 천치라면 그러려니 하겠지만,
산전수전 다 겪고도 바보짓만 일삼으면
그 고질병을 하늘인들 어찌 하겠는가!

선거가 치러지는 곳마다 선거를 전투로, 당선을 노다지로 착각하는 고질병이 유행이다. 간암이나 폐암보다도 더 무서운 이 질병은 여당 야당 가릴 것도 없이, 남녀노소를 불문하고, 시대와 국경을 초월하여 온 세상에 널리 퍼져 있다. 그래서 고작 면장, 읍장 선거에 이겨도 즉시 만세 삼창이다. 하지만 천지를 뒤흔드는 만세 소리는 음흉한 뒷거래와 왕성한 식욕의 신호탄이다.

물론 이 고질병에도 특효약이 없는 것은 아니다. 모든(!) 종류의 선거에서 최다 득표자 서너명을 선출한 다음 그들에게 제비를 뽑게 하여 당선자 한 명을 결정하는 것이다. 이렇게 하면 돈을 마구 뿌리는 타락 선거, 허위 사실을 퍼뜨려 상대방을 헐뜯는 흑색선전, 심지어 정적의 암살 따위마저 자취를 감출 것이다. 그러나 이미 고질병의 뿌리가 워낙 깊고 질긴 판이니 어느 누가 특효약을 특효약이라고 인정하겠으며 또 그것을 사용하겠는가?

떠오르는 해는 처량하다

공해가 너무 심해서 사방이 캄캄하니
기를 쓰고 해가 떠도 처량하기 짝 없는 해.
하늘 높이 떠오른 해가 무슨 짝이 있겠는가?
스모그에 주눅드니 무슨 낯짝이 있겠는가?
짝짝짝 박수를 친들 뽕짝 타령이 신나는가?

때를 잘못 만났다면 자기 때를 만들든지,
때 잘 만나 떠오르면 본때 한 번 보이든지.
우물우물 뭉개질 않나, 요리조리 피하질 않나,
투덜투덜 불평에다 온갖 엄살떨질 않나.

한 번 뜨면 반드시 진다 누구나 아는 해의 운명.
천하무적 해 앞에서 감히 누가 나서는가?
그런데도 공해 타령 잡초 원망이 웬 말인가?
온 누리를 훤하게 못 만들면 떠오르지도 말던가.

남쪽 바다 푸른 물에서 꼴뚜기하고나 놀던가.

떠오르는 해라고 함부로 까불다간 바닷물에 풍덩.
떠오를 때보다는 질 때가 더욱 중요하지.
낡은 해가 떨어지면 새로운 해가 뜨는 법.
뜨고 지고 뜨고 지고 날마다 뜨고 진다.
한 번 뜨면 반드시 지는 해는 하루살이 해일뿐,
하늘 높이 떠오르는 해는 처량하기 짝이 없다.

권불십년! 권력이란 십년도 지속되지 못한다는 이 말의 속셈은 과연 뭘까? '십년이면 강산도 변한다'는 속담과 일맥상통하는 말일까? '나를 버리고 가시는 님은 십리도 못 가서 발병 난다'는 식으로, 그러니까 발병이 나기를 바라는 심보로, 남들이 잡은 권력이 십년 이내에 무너지라고 악담하는 것은 아닐까?

너무 어리거나 매우 어리석은 임금을 정상에 모신 세도정치의 권력에 대해서는 악담, 원망, 저주, 조롱, 염원 등이 이 말에 내포되어 있었을 것이다. 오늘날에는 장기독재를 제외하면, 십년이 아니라 고작해야 4~5년만에 정권이 교체되는 경우가 대부분이다.

양지에 있을 때에는 그늘에 들어갈 때를 미리 대비하는 것이 지혜롭다. 제아무리 재주가 뛰어난 정치 철새라 해도 평생 또는 대대로 양지에서만 살 수는 없는 법이니까.

도깨비 나라에서 지는 해

이상하고 뒤죽박죽인 도깨비 나라에서는
하나가 아니라 여러 개의 해가 뜬다.
도깨비마다 해로 변신하기도 한다.
아침에 떠오를 때는 모두 꼬마 해.
해끼리 서로 잡아먹기 경쟁을 하다보면 저녁에는
지는 해가 단 하나만 남는다.
지는 해의 배는 하늘을 덮을 듯 부풀어 오르고,
먹힌 해들은 남보다 먼저 튀어나오려고 발버둥치고,
그 속에서도 서로 치고 받고 싸우기만 한다.

수평선에 걸린 해는 무섭게 몸을 떤다.
망각의 바다 속 깊이 가라앉을 운명을 처음 보았다.
명예, 권세, 산더미 황금도 물거품이라 뒤늦게 깨달았다.
뒤이을 해가 자기에게 영원한 치욕을 안겨주려고
음모를 꾸미는 것도 확인했지만 막을 길이 없다.

그래서 후회와 공포에 새파랗게 질려 떨기만 한다.

잘난 도깨비들은 지는 해를 수도 없이 지켜보았다.
딱딱한 진흙 덩어리 하나로 변해 시궁창에 처박히는 것도,
한줌 재로 변해 허공에 흩어지는 것도 똑똑히 응시했다.
그런데도 그들은 남보다 먼저 떠오르는 해가 되겠다고
짓밟고 밀치고 잡아당기며 오늘도 아우성을 친다.
괴상하고 뒤죽박죽인 도깨비 나라에서는
앞뒤도 아래위도 진리도 허위도 없다.
오로지 분명한 것이라고는 단 한 가지뿐,
지는 해를 아무도 동정하지 않는다는 것이다.
지는 해는 외롭게 홀로 어둠 속으로 사라진다.

왕이든 황제든 무릎을 꿇리거나 마음대로 갈아치우던 교황의 권력도 어느덧 눈 녹
듯이 사라졌다. 수많은 제국의 부귀영화도 고고학자나 관광객들을 위한 폐허만 남
긴 짧은 꿈에 불과했다. 그런데도 후진국, 약소국 등에서는 어마어마한 뇌물을 챙
기는 지도자들이 여전히 날뛰고 있다. 그들은 차라리 돈 찍는 인쇄기를 자기 안방
에 설치하면 만족할까? 산 도깨비들!

똥장군 앞에서 벌벌 기는 사람들

사람똥만 똥이냐?
개똥, 쇠똥, 말똥, 돼지똥, 새똥, 토끼똥도 똥이지.
그러면 똥 가운데 가장 힘센 장군은 무엇이냐?
그야 물론 똥장군이지.
똥장군은 똥을 이리저리 끌고 다니잖아!

점잔 빼는 사람일수록 똥장군을 무서워한다.
옷에 똥이 묻을까 벌벌 떠는가 하면
똥통에 빠질까 전전긍긍 설설 기어 다닌다.
그런데 그놈의 똥장군도 무서워하는 것이 있다.
그것은 바로 동(冬)장군!
매서운 겨울에는 똥이란 똥이 다 얼어붙고
똥 냄새도 맥을 못 춘다.

그러면 동장군은 무서운 게 없냐? 있다!

그것은 바로 난방장치! 영하 20도 30도에도
사람들은 동장군을 우습게 본다.
그러나 사람도 사람 나름,
아직도 얼어 죽는 사람들이 적지 않다.
물론 자기가 싸갈긴 똥이 드러날까봐
똥장군 앞에서 벌벌 기는 사람들은 참으로 많다.
개도 안 먹을 똥을 싸갈겼으니!

폭력배들에게 까닥하면 맞아 죽을 지경에 빠진 한신은 폭력배의 가랑이 밑을 기어
서 지나갔다. 겁에 질리거나 목숨이 아까워서가 아니라, 난세를 평정하려는 원대한
포부를 장차 실현하기 위해 불가피한 선택이었다.

그러면 요즈음 권력이나 돈 앞에서 문자 그대로 벌벌 기는 무수한 자들도 한신처럼
원대한 포부를 품고 있기 때문에 그러는 것일까? 정말로 그렇다면 그 얼마나 장한
일인가! 밤낮을 가리지 않은 채 한층 더 열심히 벌벌 기어다녀야 마땅하고, 그래야
만 사회는 더욱 눈부시게 비약적으로 발전할 것이다.

하지만 아무래도 수상하다. 고작해야 쥐꼬리 만한 이익에 눈이 멀거나 더러운 손들
의 변덕스러운 날벼락이 무서워서 벌벌 기는 것이 아닐까? 두 다리가 멀쩡한데도
불구하고 기어다니기만 하면 보행이 불가능한 진짜 불구자가 된다. 그래도 좋다면?
도무지 말릴 길이 없으니 남의 일에 참견하지 않는 것만이 최상책이다.

생선장사의 비린내는 스모그와 같다

생선장사는 항상 물로 손을 씻는다.
한 마리 만지고 씻고 또 한 마리 만지고 씻고.
그러나 씻어도 또 씻어도 비린내는 난다.
옷에서도 비린내, 몸에서도 비린내,
입을 열어도 비린내, 향수 뿌려도 비린내,
외제 승용차를 타도 비린내,
수백 평 저택에서 떵떵거려도 역시 비린내,
아침저녁 비린내, 어딜 가나 비린내,
그가 풍기는 비린내는 짙은 스모그와 같다.
그런데 해괴한 일도 다 있다.
깊은 산 속, 외딴 섬에서도 비린내에 못 견뎌
너나없이 모두 코를 쥐고 있는데
생선장사는 비린내를 전혀 맡지 못한다.
똥통에 빠진 사람 똥 냄새를 못 맡듯이
부인, 애들, 하인들도 냄새 못 맡는 냄새맹(盲).

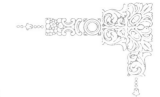

오늘도 그는 태연한 표정으로 생선을 판다.
한 마리 만지고 씻고 또 한 마리 만지고 씻고.
그러나 씻어도 또 씻어도 비린내는 난다.
그가 파는 생선은 모두 썩은 것이다.

지도자를 자처하는 자는 누구나 평화와 번영을 공약으로 내건다. 당연하다. 그래야만 표가 홍수처럼 몰려올 테고, 가장 많은 표를 얻어야만 당선되니까. 그러나 일단 당선되고 나면, 영리한, 아니, 영악한 현실주의자일수록 잽싸게 말을 바꾼다. 평화란 혼자서 달성하는 것이 아니라 상대방이 있다는둥, 번영을 이룩하려면 막대한 예산이 필요하다는둥 초등학교 때 배운 국어 실력을 총동원해서 요리조리 궤변을 늘어놓는다. 말 바꾸기란 어디까지나 표현 방식과 뉴앙스의 차이일 뿐, 거짓말이 결코 아니라고 버럭버럭 우겨댄다.

백성들은 그가 거짓말을 하고 있다는 사실을 너무나도 잘 안다. 그가 원래부터 입만 벙긋하면 번드르르한 거짓말을 폭포처럼 쏟아내어 청중을 휘어잡는 데 명수인, 천하제일의 웅변가라는 것도 잘 안다.

하지만 선거는 선거다. 당선된 자가 공약을 지키지 않는다 해도 그것은 불법이 아니라고 당당하게 외친다. 물론 고양이도 낯짝이 있으니, 공약을 깡그리 깔아뭉갤 수는 없는 노릇이다. 그래서 평화처럼 보이기는 하지만 진정한 평화는 절대로 아닌, 위장 평화를 엄청난 돈을 처들여 매수해서 가져온다. 춘래불사춘! 봄은 왔지만 봄이 아닌 것이다! 그러나 그는 평화의 사도가 되고 온 세상의 칭송을 받는다. 그러다가 병이 들거나 늙어서 죽는다. 그러면 그가 생전에 엄청난 뇌물로 치부하여 숨겨놓은 재산이 당대의 최고재벌들 부럽지 않다는 헛소문(?)이 돈다. 참으로 멋진 인생이다!

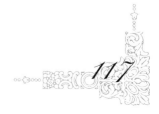

누가 너를 바보래?

남의 집 식구들이 굶어죽을까, 얼어죽을까
밤낮으로 걱정하는 네가 무얼 모르니?
내 새끼들이야 맞아죽든 빌어먹든 천하태평,
잔치나 벌려 손님 대접 멋지게 하는
네가 정말 무얼 모르니?

온 세상 박수 받고 금메달도 달았으니
네게 뭐가 부족하니?
고향에선 위대한 영웅 송덕비도 세워 줄 테니,
이제 네가 무얼 더 바라겠니?
가장 큰 돈 자루도 여한 없이 주물렀고,
남의 목도 한마디로 수없이 잘라봤으니
네게 겁날 게 무어니?

그러나 사람다운 사람 네 곁에 하나도 없고,

대들보 썩어 무너진 집에 홀로 도사리다니
네가 정말 무얼 아니?
그 누구도 너는 믿어주지 않았고,
그 누구도 너를 이제 믿어주지 않으니
한 발 무덤 앞 넌 여태껏 무얼 배웠니?

누가 나를 바보래! 그렇게 아직도 큰소리치니?
그래, 누가 너를 바보래? 홍!
네가 너를 바보라고 소리치는 거 아냐?
못날수록 제일 잘난 척하는 거 아냐?

권력이란 원래가 썩게 마련이다. 그래서 '절대 권력은 절대로 부패한다'는 명언
이 나왔다. 또한 권력은 독약인데 아편보다 그 중독성이 더욱 강하다. 한번 맛 들이
면 절대로 헤어나지 못한다. 죽어야만 끝장이 난다. 이 사실을 모르고 덤벼드는 자
는 바보다. 이런 바보는 그리 많지 않다. 그러나 이 사실을 누구보다도 더 잘 알면서
도 권력에 미친 자는 그냥 바보가 아니라 뼛속까지 철저하게 어리석은 바보다. 만
일 그가 수단과 방법을 가리지 않고 권력을 잡는다면, 아무도 그를 바보라고 부르
지 않는다. 아니, 못한다. 그렇다고 해서 그가 바보가 아닌 것은 결코 아니다.
종교재판을 받고 난 갈릴레오가 '그래도 지구는 돈다'고 지동설을 중얼거린 것과
마찬가지다.

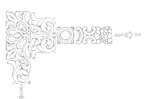

토사구팽

구두가 낡아빠지면 두 눈 딱 감고 버린다.
그리고 두 눈 딱 뜬 채 새 구두를 산다.

헌 것 새 것 가릴 것 없이 쓸 만한 것이라면
모조리 남의 구두를 훔쳐서라도
가게를 차리는 사람도 있다.
새 가게라고 으스대면서 온 동네에
광고지를 돌린다.

구두는 일 년도 못 가 풀기가 완전히 풀어진다.
그러나 토사구팽의 전문가 가게주인은
30년이든 50년이든
기가 무기한 펄펄 살아서 돌아다닌다.

헌 구두 새 구두를 다스리는 위대한 지도자

구멍가게의 좁쌀영감 주인이
때로는 헌 구두를, 때로는 새 구두를 삶아댄다.
그러면 맛있는 진국이 나온다.
오늘도 혼자서만 국물을 즐긴다.

좁쌀영감에게 사실 새 구두란 없다.
모든 구두는 낡은 것,
언제든지 버림받아 마땅한 것.
영감 자신도 사실은 낡은 것,
수십 년 전에 제일 먼저
버림받았어야 마땅한 헌 구두다.

윗사람의 총애를 잃고 버림받는 신세가 되지 않으려면, 윗사람이 자기를 불필요한 존재로 여기지 못하게 만들어야만 한다. 윗사람에게 이익을 가져다주는 독특한 재능을 자기가 여전히 구비하고 있다는 사실을, 설령 그런 재주가 없다고 해도, 자주 환기시키는 것이 좋다. 최악의 경우, 윗사람의 비리나 극비사항을 자기가 알고 있다고 은근슬쩍 소문을 퍼뜨리는 것도 한 가지 보신책이다. 다만 생명의 위험을 느낄 정도는 피하는 것이 현명할 것이다. 어느 조직이든 윗사람 위에 또 윗사람이 있게 마련이니까, 절대로 안전한 자는 하나도 없다. 심지어 국가 원수들마저도 그러하다.

공화국이란 빈 공인가?

일이삼사 오륙까지 숫자가 붙은 공은
처음부터 빈 공이다.
죽이 맞고 눈이 맞고 배가 맞아 주거니 받거니,
매달리고 빼앗고 밀어내고 자빠지고
한 오십 년 한심하게 잘들 놀던 시절이다.

칠팔구십 십일마저 빈 공에 붙은 숫자일까?
쓸개 빼고 배알 빼고
죽이 맞고 눈이 맞고 또 다시 배가 맞아
형님 먼저 아우 먼저 끼리끼리 돌아가며,
빙글빙글 돌려가며 한 오십 년 어지럽게
진짜 놀아볼 심보일까?

숫자놀음에 도끼자루 썩고
빈 공 놀음에 생사람 잡는다.

죽이 맞고 안 맞고,
눈이 맞고 안 맞고,
배가 맞고 안 맞고,
어디가 어때서 앙탈하는가!

빈 공은 어디까지나 빈 공,
역사가 냉정하게 심판한다.
선수란 언젠가 퇴장하고
빈 공은 언젠가 버림받는다.

일이삼사 오륙까지 숫자가 붙은 공은 빈 공이다.
칠팔구십 십일마저 빈 공에 붙은 숫자일까?
일이삼사 오륙은 지루하고 지겹고 부끄러웠다.
칠팔구십 십일은 모르긴 몰라도 걱정거리다.

빈 공 장단에 어영부영 하다가는
본전은커녕 뼈도 못 추릴 인생이다.
네 인생 내 인생 억울한 인생!

고문 1

쇳조각이 달린 가죽채찍으로 후려친다.
박달나무 몽둥이로 북어 패듯 패댄다.
벌겋게 단 인두로 온몸을 다리미질한다.
터지고 찢어지고 깨지고 부서진다.
사방에 자욱한 연기,
두터운 돌 벽에 부딪쳐 자지러지는 비명소리는
권력의 제단에 고문전문가들이 날마다 바치는
충성의 제물이었다.

야수보다 더 잔인하게
산 사람을 가지고 장난치는 고문보다는
차라리 십자가에 못 박는 것이
더 자비로운
약간은 인간적인 살인이 아니었을까?

진리의 신을 믿으라고 강요하는 고문,

없는 죄를 자백하라며 죽음 직전에서야 그치는 고문,

순수한 마음을 파괴하려 던지는 온갖 미끼보다는

차라리, 보기 싫은 놈이니 썩 나가 죽으라고

각자 죽음의 수단을 선택하게 해주는 것이

더 편하고 더욱 안전한 살인이 아니었을까?

고작 고문전문가들의 직업이나 유지시키려고

권력은 얼마나 어리석은 짓을 반복했던가!

또 이토록 오랫동안 계속하고 있단 말인가!

바람 앞에 등불 같은 권력 자체가 날마다

권력자 그들에게는 견딜 수 없는 고문이었던가?

야수는 배고플 때 잡아먹을 뿐 고문은 하지 않는다. 고문은 인간이 야수보다 더 잔인하다는 사실의 증거다.

지옥의 악마는 무죄한 사람은 제외하고 죄인만 고문하고, 그것도 죄에 대한 형벌을 집행할 뿐이다. 고문은 인간이 악마보다 더 사악하다고 소리친다.

고문 2

몸이 온통 부서지고 의지력마저 벽에 부딪치면
죽음이 죽마지우처럼 다가온다.
고문의 밥이 된 포로는 자기도 모르게
그 친구를 진심으로 껴안고 싶다.
그것만이 유일한 탈출이니까.

그러나 고문하는 자는 더없이 영리하다.
산 장난감을 호락호락 놓치고 싶지 않다.
두고두고 몸부림치는 꼴을 봐야만
속이 시원하고 짜릿한 쾌감을 맛볼 수 있다.
그는 결코 싫증내거나 지치는 법이 없다.

일단 고문실에 끌려 들어가면
이미 죽은 몸이라고 스스로 최면을 걸라.
죽은 자는 모욕당할 명예도 없고

모든 것을 빼앗겨도 아까울 게 없다.
죽은 장난감이 되라!

죽은 장난감,
그것만이 고문하는 자를 절망시키는
유일한 저항수단이다.
그는 제 풀에 지쳐 쓰러지고 말 것이다.
그리고 고문을 지시한 자를 원망할 것이다.

왕정시대나 종교재판 시절에 죄수에 대한 고문은 당연한 것이었다. 고문에 못 이겨 허위로 자백한 것도 증거가 되었다. 끝까지 자백하지 않으면 고문에 죽고, 허위 자백을 해도 결국 사형! 고문대에 올라가면 대부분이 이미 죽은 목숨이었다.

그러면 고문이 불법화된 현대의 문명국가들의 경우, 고문이 완전히 자취를 감추었을까? 독재자들이 장기집권하거나 대를 이어 다스리는 곳은 문명국가라고 할 수조차 없으니 여전히 고문이 자행될 것이라고 추측해도 무방하다. 그러나 민주주의와 인권을 보편적 가치라고 내세우는 나라들에서 권력기관, 정보기관 따위의 고문 시비가 여전히 대두하는 이유는 무엇일까?

고문을 통해서 무엇인가 얻는 것이 있기 때문일 것이다. 아니, 무엇인가 자기들에게 유리한 정보를 얻을 수 있다고 믿기 때문일 것이다. 그러나 법적 증거능력도 없는 자백에서 얻는 정보가 과연 신빙성이나 가치가 있을까? 매우 의심스럽다. 고문에 못 이긴 척하면서 허위 정보를 토해낸다면?

고문 3

고문하는 자는 참으로 위세가 당당하다.
그러나 입장이 역전되는 순간,
때리는 자의 발바닥도 핥아준다.

고문당한 자가 실권을 잡으면
고문하던 자보다 한층 더 포악해진다.
증오를 씹으면서 모진 훈련을 받았으니까.

사람이 사람을 고문한다.
사람만이 사람을 고문한다.
그렇다고, 고문하는 자도 사람인가?

그러나 천하의 어느 누구라도
진리만은 고문할 수 없다.
침묵도 죽음도 결코 뒤집지 못할 것이다.

바람이 불면

바람이 불면 감이 떨어진다.
익은 감이 딱 벌린 입으로 떨어진다.
땀 흘리지 않아도, 애써 일할 필요도 없이
바람만 불면 익은 감이 툭 떨어진다.

사람들은 모두 그렇게 믿었다.
가뭄에 단 비처럼 바람이 불기를 기다렸다.
바람이 불기 시작하고
과연 익은 감이 툭툭 떨어졌다.
그러나 기다리던 입으로 떨어진 것이 아니라
엉뚱한 입들이 냠냠 맛있게 먹어치우고 말았다.

선거란 바람이고
익은 감이란 허망한 권력이었다.
하늘만 쳐다보고 기다리던 사람들은
바람에 날리는 검불에 불과했다.

독재자

귀엽다면서 네가 아이들 머리 쓰다듬을 때
아이들은 감격의 미소를 띄울 수밖에 없다.
그러나 여린 눈마다 눈물이 폭포지고
머리마다 껍질 채 홀라당 벗겨진다.
네 손바닥은 강철의 고슴도치 구두솔이니까.

사랑한다면서 네가 미녀들을 껴안을 때
누구나 새로운 세계에 눈을 뜨고
한껏 오르가즘에 취할 수밖에 없다.
그러나 젖가슴마다 순결의 즙이 메마르고
뇌세포마다 달콤한 약속에 중독된다.
네 말은 신전에서 울려 나오는 신탁이니까.

믿는다면서 네가 사람들에게 키스할 때
누가 차마 눈을 뜬 채 바라볼 수 있겠는가?
누가 감히 불타는 입술을 거절하겠는가?

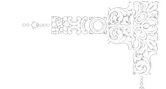

그러나 키스하는 동안 누구나 입술을 잃고
다시는 말다운 말을 하지 못한다.
네 입은 침묵의 씨를 뿌리고 다니니까.

너의 신뢰는 배신의 연료탱크 꼭지.
너의 사랑은 굶주림과 저버림의 마술 담요.
너의 희망은 묘비마다 매달린 천한 훈장.

네 식탁에서 과음 과식의 도깨비들이 춤추고
매독과 망상의 깃발이 사열 행진할 때,
황금신전, 무수한 장거리포, 네 정력의 심벌도
고드름처럼 녹아 고름을 흘리고,
너는 세포들의 반란에 패배하여 쓰러진다.

그래도 너는 네가 누구인지 모른다.
죽었다 깨어나도 또 모른다.
신도 인간도 도깨비도 아닌,
짐승도 바위도 바람도 불도 아닌,
살코기 한 덩어리
잠깐 스치는 악몽인 너 자신을.

독재자의 모가지는 '독아지'라 한다

소의 새끼는 송아지,
말의 새끼는 망아지,
개의 새끼는 강아지,
그래서 독재자의 목아지는
줄여서 독아지라고 한다.

이웃 나라 중국에서는 문화혁명으로
3천만 명이 죽거나 다쳤지만
우리 나라 광주에서는 겨우(!?)
2백 명이 죽고 2천 명이 부상당했으니
그건 아무것도 아니다(!?)
라고 큰소리치는 왕년의 독재자가
아직 버젓이 서울에 살아있다.
그 사람도 시민이니까(!?)
민주경찰이 철통같이 에워싸 보호한다.

그런 말을 철판 깔고 탕탕 할 바에야

(한때는 탕탕 총을 쏘아댄 주제에 이제는

탕탕 날아올 총알이 무서워서 철판을 까나?)

중국과 비교할 게 아니라 차라리

위대하다는 어버이 수령의 업적(!?)과 비교하면 어떨까?

수령님은 조국해방 전쟁을 일으키고

(애석하게도 완수하지는 못했지만)

백만 명의 전사자에 수백만의 부상자를 냈는데

거기 비하면 광주 2천 명은

그야말로 새발의 피라고(!?)

우리 나라의 국민성(!?) 특히 정치문화는 고약하다.

그래서 지난 한 세대의 업적(?)이나

영광(?)은 먹구름에 가려 보이지 않는다.

라고 국민을 나무라는 한편

동네북이 된 자기 처지가 억울하다고,

퇴임 이후 대비책이 소홀했던 것을 후회한다고

당당하게 동창회에서 떠들어대는

왕년의 독재자를 민주경찰이 잘 모시고 있다.

국민성이 더럽다면 독재할 수 있는 동안
깡그리 개조하고 물러났어야 옳다.
업적과 영광을 내세우려는가?
독재자에게 만일 업적이란 것이 있다면
죽지 않고 살아서
자기 집으로 돌아간 것 그 자체뿐이다.
독재자에게 만일 영광이란 것이 있다면
자기 집 자기 침대에서 고이 죽는 것,
그리고 죽은 뒤에는 그나마 예의지국에서
부관참시를 면하는 것 그것뿐이다.
죽은 뒤에 열탕지옥에 가든 빙하지옥에 가든
그건 국민이 알 바가 아니다.
그런데도 업적과 영광을 떠들려고 하는가?
떠들고 싶다면 염라대왕 앞에 가서 맘껏 지껄여라.

철없이 날뛰는 망아지는 몽둥이 세례다.
엉덩이에 뿔난 송아지는 도살장이다.
주인도 몰라보고 짖는 강아지는 보신탕이다.
그렇다면 지난 역사에서 아무것도 못 배우고
아직도 국민을 두려워할 줄 모르는 독아지들은

어떻게 처리해야 옳단 말인가?
역사의 심판에 맡긴다고? 손도 발도
눈도 코도 귀도 입도 없는 허깨비 같은 역사가
누구를 어떻게 심판한다는 말인가?
한번인들 제대로 심판한 적이 있는가?

조선 최후의 5적도 친일 민족반역자들도
역사의 심판에서 영원한 집행유예였다.
독아지들은 망언을 하고 있다고?
망언이란 노망든 사람의 헛소리다.
(국어사전은 구색 맞추기 장식품인 줄 아나?)
골프도 즐기며 맨 정신으로 탕탕 소리치는 그 말이
어떻게 망언인가?
그것은 솔직하고 담백한 진심 본심 충심의 말이다!
독아지들의 솔직함과 용기에 박수갈채를!
머저리 같은 국민보다 한결 뛰어난 독아지들을
줄줄이 엮어서 역사의 심판대로 보내자(!?)

송아지가 송아지를 낳으니 그 이름은 송아지다.
망아지가 망아지를 낳으니 그 이름은 망아지다.

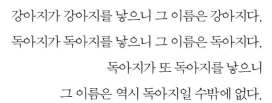

강아지가 강아지를 낳으니 그 이름은 강아지다.

독아지가 독아지를 낳으니 그 이름은 독아지다.

독아지가 또 독아지를 낳으니

그 이름은 역시 독아지일 수밖에 없다.

독재자란 헌법이든 법률이든 모조리 초월해서 최고 권력을 휘두르는 자다. 그가 하는 말, 그가 생각하는 것 자체가 법이다. '내가 곧 법이다'라고 선언한 프랑스의 절대군주 루이14세야말로 독재자의 대표선수였다. 그런 루이14세마저도 나폴레옹, 히틀러, 스탈린, 모택동 등에 비하면 겨우 동메달 감이다. 일본제국의 국왕은 사람이 아니라 신이었으니까 비교할 것도 없다. 어쨌든 이불 속에서 활개치듯이 손바닥만한 나라에서 백성 전체를 진짜 노예로 혹사하면서 허풍이나 떠는 조무래기 독재자들은 아직도 적지 않다. 군사 독재, 우익 독재, 좌익 독재 따위는 따질 것도 없다. 그런 나라에서 살지 않는 것만 해도 천벌을 면한 셈이니 날마다 하늘에 감사 기도를 바쳐야 마땅하다!

최근에는 선진국이라는 어느 나라에서 '돌연변이 독재자'가 출현했다. 헌법 조항을 새롭게 해석해서 개헌의 효과를 낸다는, 소위 '해석 개헌'이라는 도깨비 방망이를 휘두르는 자가 등장한 것이다. 개헌은 의회에서만 하는 것인 줄 알았더니 장관이라는 자들이 모여서 새로운 해석을 뚝딱 승인하는 결의를 하면 그만이라는 것이다. 개헌이 뭔지도 모르는 무식한 망나니는 아닐 테고 결국 헌법을 걸레로 취급하거나 초월하는 짓을 하니 독재자, 그것도 어설픈 돌연변이 독재자일 수밖에는 없다. 이러한 돌연변이 괴질에 이웃나라들마저 감염되어 무고한 사람들이 또 다시 무수히 희생되는 사태가 벌어지지나 않을까 두렵다.

부서지는 우상들

그는 어마어마한 무지의 신전에 미라로 안치되었다.
그리고 인민들은 통곡했다.
그러나 그는 정녕 몰랐을까?
무수한 이집트 왕이 영원불멸의 꿈을 안고
피라미드 안에 미라로 누웠지만,
후대의 사람들이 미라를 가루로 만들어
묘방 또는 정력제로 사용했다는 것을,
미라의 가루를 술에 타 마시면서
무수한 사람이 왕들의 꿈을 공유했다는 것을.

인민의 통곡과 눈물은 이제 돌이켜 보니
자기네 신세를 걱정하는 진짜 애곡(哀哭)이었다.
이미 무너질 대로 무너진 나라,
더 이상 속일 수가 없어 안타깝게
신전과 우상이 파괴되는 날을 목격하게 된

자기네 자신의 운명을 슬퍼한 것이다.
그리고 부서지는 우상들과 더불어
반세기에 그친 조국의 상실,
미지의 새로운 조국의 발견이 곧 닥칠 일이
너무나 두려워서 몸부림친 것이었다.

그러나 이제 우리는 무엇을 바라보고 있는가?
고구려의 멸망을 바라보던 신라인들처럼
도도하게 흘러오는 유민의 무리를 바라보는가?
수복이든 정복이든 착각 속에서,
회심의 미소를 머금은 채 바라보는가?
아니, 우리는 무엇을 바라보아야 하는가?

스스로 무너진 나라의 백성을, 사별한 줄 알았던
우리 형제로 받아들이려고 바라보는가?
원한과 오해를 풀고 너그러이 두 팔을 벌린 채
더 큰 동아리 만들자고 바라보는가?
그리고 우리 주위에서는 무엇을 바라보고 있는가?
소리 없이 냉혹하게 전개되는 개방의 세계에서
스스로 무너지는 조국을 바라보는가?

스스로 썩어서 쓰러지는 민족을 바라보는가?

우리가 진정 눈을 뜨고 먼 미래를 바라보지 못한다면,
우리가 눈멀고, 철없이 서로 치고 받기만 한다면
한반도 전체가 한 덩어리 피라미드가 되고
민족은 미라가 되고 말 것이다.
먼 훗날 누가 그런 미라를 애도할 것인가?

죽어서 미라가 되어 유리관 속에 누워 있으면 영생하는가? 그 독재 권력은 영원히 존속하는가?

로마제국에서는 황금마차에 동승한 노예가 새로 등극하는 황제의 귀에 대고 '당신은 인간이다' 라는 말을 세 번 해주었다. 독재자가 되어 횡포를 부리지는 말라는 충고였다. 또한 유한한 목숨의 인간에게는 영원한 권력도 없다는 경고였다. 그럼에도 불구하고 황제들은 살아 있는 신이라고 선포되었고 그들에게 봉헌된 신전들이 사방에 건립되었다. 문자 그대로 신으로 숭배되었다. 그러나 로마제국 자체마저도 역사의 거친 물결에 휩쓸려 사라지고 말았다.

우상이 파괴되는 것은 시간문제다. 우상 자체가 원래 허깨비기 때문이다. 물론 그 우상에 대한 숭배는 새로 등장한 지배조직의 권력 유지에 유리한 한 당분간은 지속될 것이다. 그러나 그것도 고작해야 당분간에 불과하다. 그런데 그 우상을 숭배할 필요도 없고, 숭배한다고 해서 뭔가 큰 이익을 얻지도 못할 자들이 부화뇌동으로, 또는 교사, 사주, 조종을 당하여 그 우상을 칭송, 흠모, 추종한다면 그처럼 꼴불견인 코미디도 없다.

거대한 초상화

신도 아닌 것이,
이제는 인간도 아닌 것이
살아있는 무수한 눈을 속이기 위해서
마치 살아있는 듯 미라로 누워있다.

죽은 뒤에도 썩지 못하는 시체는
생전에 그토록 열광적으로 외친 진리,
모든 사람이 평등하다는 단순한 진리를
영원히 부정하는 모순의 우상이다.

얼마나 거짓되고 허약한 힘이기에,
또 얼마나 비겁한 힘이기에
거대한 초상화를 성벽에 내걸지 않으면
하룻밤도 마음을 놓지 못하는가!

황제와 계급을 부정하고 타파한 세력이

이름만 다른 동일한 제국을 만들어낸 것은
변증법의 필연적 결과였다.
그러나 빈곤과 노예의 사슬 그 수단을
바꾸지 않은 것도 천재적 지혜라고 하는가?
천안문에는 하늘도 평안도 없다.
평등과 행복으로 들어가는 문도 없다.

성벽은 이미 죽어 보호의 성벽이 아니라
거대한 감옥의 벽일 뿐이다.
거대한 초상화도 이미 낡아서
더 이상 신도 신화도 아니고
거대한 감옥을 지키는 거대한 간수의
신경질적인 비명의 메아리다.

마음의 평화를 주지 못하는 지도자는
아무리 영웅이라고 해도,
아니, 영웅이면 영웅일수록 더욱
병든 공룡의 거대한 몸이다.
살아서나 죽어서나 썩어 가는 그 이름이
드넓은 광장을 악취로 채우고 있다.

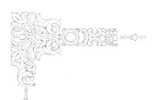

잔인하고 어리석은 성주(城主)

절경의 계곡과 울창한 숲으로 둘러싸인 들은
한없이 드넓고 또 비옥한 농토였다.
그 한 가운데 우뚝 솟은 산은 삼면이 가파른 절벽.
성문에 이르는 통로라고는 오직 오솔길 하나뿐.
백만 대군이 포위해도 겁낼 것 하나 없기에
젊은 성주는 온 세상이 콩알만하게 보였다.

오만은 방탕과 잔인함에 닿는 지름길이 아닌가?
산꼭대기란 힘겹게 올라갔을 때 그 기쁨 더욱 크고
땀의 보람 더 많이 추수할 수 있지 않겠는가?
절정이 높을수록 떨리는 다리로,
겸손한 마음으로 마을에 내려와야만 비로소
서로 나누는 소박한 백성들의 인정을 알고,
때로는 고단한 그들의 삶도 맛보며
시련의 때일수록 더욱 견고한

그들의 사랑을 받지 않겠는가?

그러나 고생도 고통도 모른 채,
상속받은 무적의 성과 무수한 금화의 힘만 믿고
성주는 날마다 더욱 무시무시한 폭군으로 변했다.
늙었으나 충성스러운 신하들이 교수형을 당하거나
절벽에서 내던져지거나 스스로 칼로 자결하였다.
곁에 남은 것은 로봇 같은 얼간이와 아첨꾼뿐.

성이란 밖에서만 무너지는 것이 아니라 오히려
안에서부터 더 쉽게, 더 허망하게 무너지는 법이다.
비옥한 들판에서 백성들이 거의 모두 도망치고
숲과 계곡에서는 새도 짐승도 그림자를 감추었다.
이윽고 사십 일간 밤낮으로 장대비가 퍼부어
노아의 홍수보다 더 무서운 물이 절벽을 타고 올라갔다.

온 세상이 물에 잠겨 적이 모두 전멸한다면서,
자기만은 살아남아 천하를 정복할 것이라면서
환희에 젖은 성주가 날마다 술에 취해 노래 불렀다.
적군이 단 한 번도 넘지 못한 그 성벽이지만

흙탕물이 타고 넘어 외로운 첨탑 꼭대기
폭군의 거실만 남기고 모두 휩쓸어 버렸다.
성주는 꿈에도 상상하지 못한 적에게 패배했다.
굶어 죽은 것이다 바보 같이!

후세 사람들은 그 성을 최고급 관광호텔로 만들었다.
화려한 방에서 먹고 자고 절경을 감상하려면
그만큼 비싼 대가를 치러야만 자격이 있다는 교훈을
부자와 지도층에게 대대로 가르치려는 것이다.
폭군이란 스스로 만든 감옥 안에서 사자처럼
으르렁거리던 악몽의 허깨비에 불과했다고도….

바위산 꼭대기나 수직 절벽 위에 지은 멋진 성들은 동서양을 막론하고 한둘이 아니다. 전쟁이야말로 군주들이 즐기는 최고의 오락이던 시절, 그런 성들은 가장 안전한 거주처, 방어에 가장 적합한 요새였다. 왕국들이나 영주들이 사라지고 시대가 바뀐 오늘날에는 대부분이 박물관, 호텔 등으로 변신했다. 말하자면 유명한 관광상품으로 전락한 것이다. 엄청난 인력과 자금을 동원해서 그림 같은 성을 건축할 때 성주는 먼 미래를 내다보지 못한 것이 아닌가? 그런 노력을 차라리 국력을 튼튼하게 강화하는 쪽으로 기울였다면 자기 가문의 권력을 더 오래 유지하지 않았겠는가? '로마를 지키는 것은 성벽이 아니라 로마시민들'이라는 말을 왜 깨닫지 못했을까? 아무리 만리장성을 쌓은들 진시황이 죽자 진나라는 곧 무너지고 말지 않았던가?

당신은 보이지 않습니다

우리는 당신을 본 적이 없습니다.
날마다 빠짐없이 사방을 둘러보았지만
당신은 보이지 않았습니다.
언제 배고픈 사람에게 마실 것을 주었고
목마른 사람에게 마실 것을 주었습니까?
상처받은 사람을 위로해 주거나
남의 상처를 붕대로 감싸준 적이 있습니까?

그러나 우린 당신을 너무나 잘 알고 있습니다.
당신의 빛나는 이름이야 그 누군들 모르겠습니까?
당신이 깔고 앉은 돈방석에는 좀이 슬고
쾌락에 전 당신 몸은 썩어 문드러지고 있습니다.
금이야 옥이야 기른 당신 아들딸들은
제멋대로 날뛰다가 감옥에서 한숨 쉬고 있습니다.
여태 것 당신은 우리 눈물을 비웃고 있었지만

이제는 당신도 피눈물을 흘려야만 할 때입니다.

사실 우린 당신을 날마다 눈여겨보았습니다.
그 탁월한 재능과 말솜씨로 못된 무리 쓸어버리고
어리석은 자들의 독기 서린 장난도 막아주기를
간절히 바라면서 기다리고 있었습니다.
그런데 놀라운 위업을 달성하겠다 선전해놓고는
당신이 먼저 제 정신을 잃고 비틀거리면서
우리를 괴롭히는 짓만 골라서 잘도 했습니다.

마땅히 있어야만 할 곳에 당신은 항상 없었고
있어서는 안 될 곳마다 나타나 광대노릇이나 했습니다.
인기란 물거품에 불과하다고 가장 많이 배운 당신이
박수갈채에 목말라 안달하는 까닭은 무엇입니까?
돈 주고 사는 광고란 허공을 치는 메아리일 뿐.
동원된 청중의 환호란 열등감을 드러내는 조소거리일 뿐.
누구보다 영리한 당신이 왜 그걸 몰랐겠습니까?

어쨌든 우린 당신을 정말 본 적이 없습니다.
당신의 참된 속마음은 알 수도 없었습니다.

어쩌면 당신도 내 마음 나도 몰라 식이었는지,
부엌에서 새는 바가지 들에서도 새면 어때 식이었는지,
위선과 거짓말을 끝까지 밀어부칠 작정이었을 겁니다.
한 때는 사람처럼 보였지만 이제는 산송장에 불과한
당신의 삶보다 더 찬란하고 무가치한 게 어디 있겠습니까?

그는 수많은 사람을 감동시키는 재능이 탁월했고 카리스마도 절대적이었다. 확고
부동의 지지층도 확보했다. 죽을 고비도 넘겨보았고 모함도 많이 받았다. 실패도
겪었다. 그런데도 초지일관 끝에 성공을 거두었다. 평생 소원을 달성한 것이다.
이제는 돈걱정을 하지 않아도 된다? 그 정도가 아니었다. 죽을 때까지 펑펑 쓰고도
산더미처럼 남을 돈이 몰려왔다. 돈이면 다 돈이지, 깨끗한 돈, 더러운 돈이 다 뭐
냐? 흰 돈, 검은 돈 구별이 다 뭐냐? 그래서 마구 긁어모았다. 아, 그 돈의 맛이란! 기
가 막혀 죽을 지경으로 희한한 꿀맛 아닌가!
잠깐만! 이거 뭔가 얘기가 이상하잖아? 여태껏 입을 열기만 하면 지극히 거룩한 소
리, 엄청 옳은 진리의 말씀만 토하더니, 그게 고작 돈맛에 취해 정신 못 차리려고 그
런 건가? 남이 먹으면 뇌물, 자기가 먹으면 선물? 도대체 어느 망령든 귀신이 더운
밥 먹고 쉰 소리 지껄이는 거야?
어쨌든 그 누가 뭐래도 그에게는 목표가 단 하나, 돈과 권력뿐이다. 그의 탁월한 안
목으로 볼 때 돈은 전지전능한 신이고 권력은 카리스마다. 그러면 그는 신의 아들?
그래서 삼위일체? 그의 옷자락이라도 손으로 만져본 자는 축복을 받아 벼락감투를
쓴다. 그가 고린내 나는 발을 씻은 물을 한방울이라도 용케 구해서 마신 자는 불로
장생, 아니, 영생한다. 정말? 미친놈이 따로 없다. 너나없이 모두 미쳐 날뛰는 세상
에서 미치지 않은 자가 바로 미친놈이다!

거짓 예언자들

그들은 확신에 차서 소리친다.
날이면 날마다 다른 사람은 모두 거짓말을 떠벌리지만
오로지 자기만은 진실을 가르친다고,
오로지 자기만이 세상을 구할 수 있다고.
어리석은 자들아, 나를 따르라!

많은 사람들이 그들의 말을 알아듣고 믿는다.
너무나 감격해서 아낌없이 바친다.
돈도! 권력도! 몸도! 마음도! 영혼까지도!
그들의 손은 참으로 억세서 모든 것을 움켜쥐고
일단 쥔 것은 결코 놓지 않는다.
그들의 입은 참으로 커서 모든 것을 삼키고
결코 토해내려 하지 않는다.

참으로 어리석은 사람들은 이렇게 말한다.

그들은 자기가 무슨 말을 하는지도 모른다고.
그들은 남들을 속이기에 앞서서 자기를 먼저 속인다!
자기 말에 스스로 속은 것을 언젠가는 깨닫고
흘러간 세월이 억울해서 눈물로 후회한다고.

과연 그럴까? 천만에 말씀! 그들이 얼마나 영리한데!
빈말로 남의 것을 훑어 먹기만 하는 자가 어찌
자기 속임수가 속임수인 줄 모르고 남을 속이겠는가?
그들만은 자신이 거짓 예언자인 줄을 잘 알고 있다.
다만 그들이 죽었다 깨도 알 수가 없는 것은
누군가 그들의 속마음을 꿰뚫어보고 있다는 사실이다.

'거짓말도 대단히 거창하게, 극도로 황당무계하게 할수록 대중은 더 잘 속는다'는
것은 나치의 선동방침이었고, 그것이 매우 효과적이었다는 것은 이미 나치의 역사
에서 증명되었다. 인류역사상 자칭 메시아들이 수없이 많았고 오늘날에도 사방에
서 출현하는데 그들을 추종하는 무리 또한 매우 많다는 것도 같은 맥락에서 해석된
다. 인류를 구원하겠다는 의욕만은 가상하다. 그러나 그 구원을 자기가 실현할 수
있다고 부르짖는 것은 만용이고, 그런 거창한 구호의 자칭 메시아에게 돈이든 뭐든
다 바치는 것은 맹신이다. 진짜 메시아라면 돈이 왜 필요한가? 남들의 돈은 왜 긁어
모으는가?

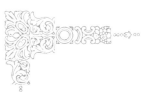

멜로드라마 정치는 지겹다

한 때만 지겨운 것이라면 괜찮다.
멜로드라마는 언제나 지겹다.
눈물이 나면서도 지긋지긋하다.
그리고 모든 감각이
달콤한 마사지에 나른해지고
중독되어 생각할 의욕이 사라진다.

발효와 부패의 차이를 아는가?
둘 다 물건이 상한 것이다.
그러나 발효는 감칠맛을 내고
부패는 지겨운 악취를 풍긴다.

한 마디로 우리는 정치에 배탈이 났다.
정치 탓은 아니다.
정치가 뭔지도 모르는 무리가,

발효가 뭔지도 알 리 없는 무리가
어물전 꼴뚜기처럼
부패의 난장판을 벌이기 때문이다.

사회 구석구석에서 악취가 치솟고
사회 구석구석에서 구역질을 한다.
맑은 물, 맑은 공기를 공급해야 마땅할
바로 그 사람들이 악취의 원천이다.
누가 누구를 탓하는가?
누가 누구에게 손가락질인가?
아니, 그런 게 아니다.
그런 것은 결코 아닐 것이다.

눈물의 멜로디는 지겹다.
소음을 포장한 대중가요에는 정말 진저리를 친다.
진실을 토막쳐서 뻥튀기고 돈의 꼬리를
제 멋대로 붙인 것은 지긋지긋한 멜로드라마다.
한 때만 지겹다면 견딜만하다.
그러나 멜로드라마란 언제나 지겹다.

얼어 죽을 지방색

콩알이 두 쪽 난 것만도 서러운데
그 반쪽에 지방색이 있다니!

경상도는 검은색인가 회색인가?
전라도는 누런색인가 진홍색인가?
충청도는 연두색인가 청회색인가?
강원도는 바위색인가 황토색인가?
그렇다면 제주도라고 색이 없겠는가?

삼팔따라지들은 무슨 색을 믿고
어느 장단에 춤을 추란 말인가?

온갖 색을 다 써도 청사에 길이 남을
걸작이야 죽었다 깨도 못 그리는 주제에
색 쓰려면 있는 거나 제대로 써 보지.

엉덩이에 뿔난 놀부 심보로
남의 고운 얼굴에다가 마구
똥색 구정물 색을 칠하려 덤비는가?

색 쓰는 재주 없다면 얌전이나 있어 보지.
색을 모른다면 눈이나 감고 있어 보지.

미친 개 날뛰다가 몽둥이에 후려 맞듯
내 산통 네 산통 다 깨어버리려고
여기 기웃 저기 기웃 방정맞은 철새 되어
지방색이다 뭐다 함부로 나발 불다가는
보이지 않는 불도저에 깔려
네 몸이 오징어포가 되고 말 것이다.
이름마저 두 쪽으로 찢어져
영영 시궁창에서 나뒹굴 것이다.

콩알이 두 쪽 난 것만도 괴로운데
그 반쪽에서 무슨 오뉴월에 얼어 죽을
지방색 타령이 이렇게 소란스러우냐!

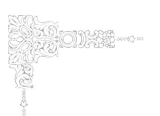

개개풀린 눈

개개풀린 눈으로 세상을 바라보는 재미.
개개풀어진 세상이 텔레비전에 비치는 묘미.
개개 풀어서 뭐든지 한입에 털어 넣는 취미.

뭐랄까, 개와 개가 엉키고설키어
서로 칭찬하고 박수치고 노래부를 때
더욱 더 개개풀리는 올바름과 깨끗함에 대하여
뭐랄까, 우리는 뭐라고 할 수 있을까?
아니, 우리가 뭐라 한다고 해서
개개풀어질 것들이 개개 엉기기나 할까?
개개풀린 눈이 세상을 바로 바라보기나 할까?

재미는 묘미 앞에서 죽고
묘미는 악취미 앞에서 피를 토한다.
이미 개개풀린 것들은 의미가 없다.
그러니까 모두 땅 속에 묻어야만 한다.

나뭇가지에 싹트는 여린 눈에게 어찌
세상 바라보는 눈이 없다고 하겠는가?

눈이 개개풀리면 마음이 따라가고
정신이 개개풀리면 낮은 곳에서 높은 곳까지
온 나라 위로 하늘이 무너진다.
길을 닦아야 할 사람이 남의 길마저 망치고
길을 가르쳐야 할 사람이 스스로 넘어진다.

이미 개개풀린 것들은 의미가 없다.
그러니까 모두 땅 속에 묻어야만 한다.
쏟아지는 흰 눈 한 송이 한 송이가 약하다 한들
개개풀린 것들을 뒤덮을 힘이 어찌 없겠는가!

눈에 아무것도 보이는 것이 없을 때마다
누구나 가장 겁쟁이고 가장 약하고 가장 추하다.
개개풀린 그 눈으로 네가 뭐라고 감히
온 누리를 심판하고 정화한다 으스대는가?
버러지만도 못한 것들이!
땅강아지처럼 눈이 먼 것들이!

감히 부덕의 소치라니!

광화문 네거리에 거대한 똥 무더기가 쌓여 있다.
남대문에서 달려가던 차가 급정거하고
청와대에서 내려오던 차도 기겁해서 멈춘다.
종로에서 서대문까지 이어지던 차의 행렬도
허리가 동강난 뱀의 꼬락서니다.
거리마다 중풍 든 환자가 되어
사람마다 출근 못하겠다고 생난리를 친다.
여러 해를 두고 똥이 조금씩 쌓였는데도
모두들 나 몰라라 하더니,
천지사방에서 차가 막히자 부랴부랴
눈을 부라리며 청소부들이 달려들더니
똥을 치우기는커녕 비단보로 살짝 덮어버린다.
그런다고 냄새가 어디 가는가?
누가 싸놓은 똥인지는 젖먹이들도 안다는데
머리 허연 노인네가 나서서 하는 말이

부덕의 소치니까 널리 양해하라니,

아들이 아무 데나 갈겨 논 똥마저도

아비가 두 손 싹싹 비비며 사과해야 하는가?

길거리에 똥 싼 것이 죄가 된다면

법대로 처벌하면 그만이지 부덕의 소치가 웬 말인가?

예전의 왕들도 그런 식으로 어물쩡 얼버무리며

아들을 두둔하지는 못했을 것이다.

그러나 부덕의 소치란 말은 맞는 것이다.

아들이 안하무인으로 저지른 망나니짓은

역시 아비의 막강한 힘을 믿고 제 멋대로 한

부덕(父德)의 소치가 아니면 무엇이란 말인가!

사람 위에 사람 없고 사람 아래 사람 없다. 다시 말하면 법 위에는 사람 없고 법 아래에는 모든 사람이 다 있는 것이다. 그러니까 법을 어긴 자는 문자 그대로 지위고하를 막론하고, 왕의 아들이든 대통령의 딸이든 모조리 응분의 처벌을 받아야만 한다. 아버지의 막강한 백 덕분에 아들딸이 집행유예, 사면, 복권의 특혜를 누려서는 절대로 안 된다.

그러나 이것은 공자맹자가 꿈속에서 지꺼리는 헛소리인 경우가 적지 않다. 유전무죄 무전유죄! 아니, 유권무죄 무권유죄! 통탄할 일이지만, 이것이 더 현실적이다.

얼마나 더러운 명단이기에

얼마나 더러운 이름이 적힌 명단이기에
처음부터 그런 것이 없다고 잡아떼는가?
한 번 없다고 했으면 끝까지 없어야지,
하루 이틀 지나서 말을 뒤집는가?
하기야 요즈음 말이란 뒤집으라고 있지,
남더러 믿어달라고 하는 말은 거의 없으니
혀 하나로 두 말 하는 사람만 나무라겠는가?
그러나 없다고 하다가 있다고 하는 사람도
명단에 적힌 더러운 이름과 다를 바가 없다.
명단은 있지만 공개는 못 한다고 하는 사람도
이틀이 못 가서 목을 잘리고 만다.
높은 자리에 앉은 사람의 몫이란
더 높은 자에게 목 잘리는 것일 뿐이고
그마저 시간문제라는 게 상식인데,
어쩌자고 자기 일에 긍지와 보람을 주는

공정함과 정의는 내팽개치고
꼭두각시로 남의 장단에만 춤을 추는가?
얼마나 거머리 같은 거물들이 들어 있기에
명단이 있다 없다 공연히 헛 쇼나 부리는가?
시간이 얼마나 아까운 것이라고!
한 번 흘러가면 사라지는 삶 자체인데!

돈벌이 따위가 아니라 자선사업, 사회정화, 국가 발전 등에 헌신하는 것을 목적으로 삼는 단체의 경우, 회원들은 자기가 그런 단체의 회원이라는 사실에 대해 더 없는 긍지와 자부심을 품고 대단한 명예로 여길 것이다. 그래서 자기가 회원이라는 사실을 널리 알리고 싶은 심정은 굴뚝 같아도 체면이나 겸양의 차원에서 그렇게 하지는 않을 테지만, 굳이 숨기려고 하지도 않을 것이다.

한편 비밀결사, 범죄조직, 정보기관, 군경 등 특수한 범주에 속하는 경우를 제외하면, 사회의 일반 단체는 회원 명부를 만들어 회원들에게 배포한다. 요즈음에는 컴퓨터 홈피에 올린다. 그런 자료는 제한적인 자료이기는 해도 비밀은 아니다. 굳이 비밀이라고 친다면, 공개된 비밀 정도에 불과하다.

그런데 그런 명단이 공개되면 회원들의 명예가 훼손된다? 공익에 헌신하는 단체, 당당하게 등록된 단체의 회원이라는 사실이 널리 알려지면 더욱 명예로우면 명예로웠지 명예가 어떻게 훼손된다는 말인가? 그런 공개는 본인이 차마 자기 입으로 나팔 불지 못하는 일을 남이 대신 해주어서 오히려 고마운 일이 아닌가? 명단 공개로 회원의 명예가 훼손되는 단체라면 그 활동이 떳떳하지 못한 것이라고 의심을 받아도 싸다.

정치가는 변기에 버린 화장지

요즈음 정치가들은 마치 화장실 변기 물에
던져진 휴지와 같다.
신념과 비전, 양심과 지혜가 모조리
흐물흐물해진 휴지 속에서 얼굴을 가린다.
무원칙이 원칙이고, 원칙이 무원칙인데
무엇을 따지려고 돌집들을 커다랗게 지었던가?
요즈음 정치가들은 돈방석을 타고 날아다니는
혜성과도 같이 찬란하고 요란하다.
그러나 돈방석이 사라질 때 추락하는 것은
혜성이 아니라 한낱 돌멩이일 뿐.
차라리 두루마리 휴지에게 정치를 맡긴다면
지금보다 더 한 개판을 만들어낼까?
차라리 자갈밭에게 정치를 맡긴다면
지금보다 더 개 짖는 소리가 요란할까?
힘 있는 직업마다 모조리 정치로 오염된 판에,

아니, 온 국민이 진흙탕 정치판에 나뒹구는 터에
똥 묻은 개가 겨 묻은 개 나무란다고 해서
똥이, 똥 냄새가 없어지기라도 한단 말인가?

'정치란 (잘못된 것을) 바로잡는 것'이라고 공자는 말했다. 참으로 간결하지만 언제나 어디서나 옳은 말이다. 그런데 공자 말씀 따위는 2천 수백년 케케묵은 것이니 21세기 우주시대에는 아예 무시해도 좋다고 말하는 자가 설마 있을까? 있다. 하나둘이 있는 것이 아니라 사방에서 떼를 지어 활개친다. 정치라고 불릴 자격조차 없는 자들이 정치판의 흙탕물을 휘저으면서, 잘못된 것을 바로잡기는커녕 잘된 것마저 마구 흔들어 망가뜨리거나 걸레로 만든다. 돈 먹을 구멍만 보이면 거머리같이 찰싹 달라붙어서 단물을 쪽쪽 빨아먹는 주제에 자기들이 당연히 해야만 할 일, 즉 악법은 빨리 고치고 백성을 살리는 법은 빨리 만드는 일 등은 부지하세월로 내팽개쳐 둔다. 그런데도 사방에 청탁하거나 압력을 넣는 일, 시도 때도 없이 위세나 몽니를 부리는 일에는 그 얼마나 부지런하고 열성적인가!
정치가들이 백성을 걱정하는 것이 아니라 백성이 그들을 걱정하는 사태에 이르면, 그런 나라는 마치 달걀 위에 달걀을 포개놓는 것처럼 위태롭기 짝이 없다. 그 따위 정치가들이라면 수세식 변기에 던져진 화장지보다도 못하다. 화장지는 사람의 밑을 닦는 일에도 필요하고 또 여러 방면에서 매우 유용하지만, 부정부패, 무능, 탐욕, 직무유기 등의 비빔밥이나 다름없는 정치가들이란 인도 갠지스 강가 화장터의 장작으로도 쓸모가 전혀 없기 때문이다. 무용지물이라면 그나마 다행인데 백해무익한 것이니 힘없는 백성들은 골수마저 모조리 빠질 지경이 된다.

제3부
부패의 먹이사슬

부패의 먹이사슬

껍질은 반들반들 윤이 나지만
속은 썩은 밤.
그것도 물건이랍시고 가르치는 말.
무엇이든 겉보기로는 판단하지 마라!
그럴까?
썩은 밤도 밤은 밤이다!
이걸까?

이목구비는 번듯해서 미인으로 보이지만
성형, 정형 수술은 둘째 치고라도
마음보가 아예 비뚤어진 여자라면,
멍게도 할 말이 있다고 굳이 내뱉는 말.
지가 멍게 맛을 알아?
그런 걸까?

넥타이 매고 고급차로 싸다니는 정치인들,
그들은 썩은 밤일까? 가짜 미인일까?
아니면, 돌연변이 괴물 또는 망나니 로봇들일까?
속이 썩었다면 유구한 역사의 유물일 테고
청렴하다면 멸종 직전의 보호대상 희귀동물일 터.
과연 그럴까?

징역 10년, 벌금 1000억 원도,
사면! 그 한 마디로
뚝딱! 쓱싹! 없던 일이 되어 버리는 세상.
그들은 백의종군하는 충신들일까?
세상에! 정말?
아니면, 을사오적보다 더한 역적들일까?

더욱이 도깨비 방망이 마구 두드려 대는 자들은
요순보다 더 훌륭한 성인군자들일까?
과연!
이상하고 아름다운 도깨비 나라!
요상하고 기기묘묘한 도깨비 천국!

등골이 서늘하다

천하의 악독한 대도 도척이 편안히 죽었느니
하늘의 도리는 옳은가 그른가?
이것은 2천 수백 년 전 사마천의 질문이다.
의사당에서 난동 부리고 폭력 휘두른 의원은
"고의"가 없었다고 해서 무죄판결.
법은 상식인가 아닌가?
이것은 대학 나온 대한민국 시민의 질문이다.

등골이 서늘하다.
나이가 들었기 때문인가? 그렇다면
등이 아니라 가슴이 서늘해야 마땅하다.
사마천의 질문 때문일까? 그렇다면
등골은 시릴 것이 아니라 오싹해야 마땅하다.
시민의 질문 때문일까? 그렇다면
등골만 시릴 일이 아니다.

오금이 저리고 온 몸 마비되어야 마땅하지 않은가!

판사는 왕이 아니다. 굳이 되고 싶은가?
법을 만들고 싶다면 국회로 가라!
사법 적극주의라니? 이 무슨 궤변인가?
언제는 사법 소극주의였던가?

판사는 법과 양심에 따라 판결하고
오로지 판결만 가지고 말한다? 좋다!
판사의 양심인들 법 위에 있을 리 없고
판사가 읽는 법조문은
시민이 읽는 그것과 조금도 다를 리 없다.
대학 나온 대한민국 시민의 상식도 통하지 않는
그 따위 판결이라면 법은 화장실 휴지 아닌가!

등골이 서늘해지는 이유는
법이 고작 코흘리개 코 닦는 휴지라서가 아니라
소위 법을 안다는 자들, 전문가라는 작자들이
날마다 치고받는 난투극 때문이 아닌가!

판사들은 법과 양심에 따라 판결한 뒤
그들만의 극락에 가서 술 한 잔!
검사들도 법과 양심에 따라 기소, 구형한 뒤
그들만의 낙원에 가서 술 한 잔!
경찰들도 법과 양심에 따라 일망타진한 뒤
그들만의 천당에 가서 술 한 잔!

코에 걸면 코걸이, 귀에 걸면 귀걸이,
그런 것도 법이라고, 그런 것이 각자의 양심이라면
등골이 서늘해지기는 고사하고
꽁꽁 얼어서 딱! 부러질 것이다.
전국 어디서나! 어느 놈 어느 년의 등골이거나!

법은 상식이다. 아무리 무식한 사람도 알아듣는 것이라야 법이다. 그러나 사회 통념이나 일반상식과 전혀 동떨어진 법이 있다면 도대체 누구를 위해, 무엇 때문에 그 따위 법은 있는 것인가? 귀에 걸면 귀걸이 코에 걸면 코걸이로 (진화가 아니라) 전락(!)한 법이라면, 그것은 엿장사가 기분에 따라 제멋대로 잘라서 파는 엿이다. 기발한, 해괴망측한, 소위 튀는 판결 등은 '엿이나 먹어!'라고 백성에게 던져주는 엿이다. 자주 그런 엿이나 먹어야만 하는 민초들은 황공무지에 행복할까?

제3부 부패의 먹이사슬

168

건달 공화국

건달은 아무 일도 않고 놀기만 한다.

그러니 세금 따위는 한 푼도 낼 리가 없다.

건달은 군대도 가지 않고 각종 기회만 노린다.

그러니 노른자위 남보다 먼저 해치운다.

건달은 높은 자리도 독식한다.

그러니 매스컴에도 남보다 자주 등장한다.

건달은 유명하다.

인기도 만만치 않다.

건달은 세력이 언제나 어마어마하다.

건달은 군림한다.

조폭도 검찰도 굽실거린다.

건달 공화국 만세! 만만세!

아, 참으로 한심하다!

꼽싸리꾼

공짜 좋아하네.
그러니까 꼽싸리꾼이지.
뇌물도 좋아하시네.
그러니까 진짜 꼽싸리꾼이시지.
그런데 뇌물이 과연 공짜일까?
하하하! 순진하시긴!

공짜 처먹고 물 먹으면 물이 꿀 되나?
뇌물 처먹고 엿 먹으면 엿이 돈 되나?
물 먹인 소의 등심 구워먹으면
등에 금송아지라도 지고 가게 되나?

물 먹인 소의 안심 구워먹어도,
아무리 많은 뇌물 하마처럼 처먹어도,
형사, 검사, 판사, 개미떼같이 달라붙어도

끄떡없이, 눈 하나 깜짝 할 필요도 없이
안심이다!
정말 그럴까?

남이 싸놓은 흑싸리 석 장, 홍싸리 석 장,
싸리 껍데기 딱 두 장 들고 있다가 팔싸리!
못 먹어도 고!
그래? 아이고!
아니, 아이 고(I go)!

온 세상을 공짜로 노리던 그 눈동자,
뇌물이라면 자다가도 벌떡 일어서는 그 물건
세상에 공짜란 하나도 없다는 말의 서슬에
게게 풀리고 맥없이 주저앉는 날,
꼽싸리꾼이 기어들어갈 쥐구멍은 어딜까?
공원묘지? 아니면, 개똥벌레 바위?

꿀꿀이죽

꿀꿀돼지가 미치도록 좋아하는 죽,
그래서 꿀꿀이죽! 돼지의 정식!
창자가 말라 비틀어져
목구멍이 있어도 꿀꺽 소리조차 못 내는 백성.
그들은 어느 폭군에게 잡아먹힐 꿀꿀돼지라서
꿀꿀이죽으로 배를 채우려 했던가?

미군부대에서 흘러나온 꿀꿀이죽이나마 있었기에
수많은 백성 아사(餓死)를 겨우 면했건만,
반미구호가 천지를 진동하는 소리나 들으려고
그들은 여태껏 연명,
땀 흘려 오늘을 쌓았던가?

핵무기 반대! 독재 반대! 아사 반대!
정치범 수용소 반대! 총살 반대!

그런 구호들은 저승사자가 몰아가 버렸던가?
바로 지금 이 순간에도 어느 곳에선가
꿀꿀이죽이나마 얻어먹지 못해
수십만이, 아니, 수백만이 굶어죽는 판에!

그렇다! 그곳에는 미군부대 따위는 없다.
그러나 핵무기가 있어서 강성대국 아닌가!
공동묘지 위에 건설된 유령들의 강성대국!
만세! 만세! 만만세!

최신유행, 일류라면 사족도 오족도 못 쓰는
몹쓸 신종 광우병에 걸린 광우 같은 신세대가
즐겨 마시는 커피는 스타박스 커피!
그들이 애용하는 간식은 피자!
그런 것은 미군부대가 아니라 바로 달러박스에서
흘러나온 최신식 꿀꿀이죽이 아닌가!

오~! 황홀한 꿀꿀이죽! 세계 첨단의 꿀꿀이죽!
정장한 꿀꿀돼지들이 즐기는 정식 식사!
그들은 과연 어느 손에 도살될 것인가?

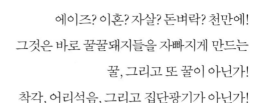

에이즈? 이혼? 자살? 돈벼락? 천만에!
그것은 바로 꿀꿀돼지들을 자빠지게 만드는
꿀, 그리고 또 꿀이 아닌가!
착각, 어리석음, 그리고 집단광기가 아닌가!

집단광기라는 블랙홀에 빨려들어가는 것은 문자 그대로 미친 자들이 아니다. 미치광이들은 머리가 돈 덕분에 집단광기에는 절대로 휩쓸리지 않는다. 오히려 제정신이 멀쩡한 각계각층의 저명인사들은 물론, 이름없는 민초들, 심지어는 유모차를 미는 젊은 엄마들(그 덕분에 아기들도!), 검은 머리가 파뿌리가 된 늙은이들마저도 빨려들어가 광란의 춤을 춘다.

나치 독일에서 6백만 명의 유대인을 학살한 자들은 그 사회의 정예분자였다. 2차대전을 일으켜 수천 만 명을 죽이고 무고한 사람을 수도 없이 고문과 학살의 제물로 만든 동서양의 전범들과 그 추종자들도 소위 엘리트였다. 중국에서 문화혁명의 광풍으로 엄청난 숫자의 인명을 살상한 지도자와 그 세력 역시 가장 똑똑하다고 자칭하던 무리였다. 중세 종교재판에서 사형판결을 내리던 고위 성직자들은 그 얼마나 박식하고 경건했던가!

집단광기란 바로 그러한 자들을 집어 삼키는 것이기 때문에 아무리 자멸로 끝장이 나는 것이라 해도, 역시 참으로 무시무시하고 참혹하기 짝이 없는 것이다. 독재체제는 언제나 어디서나 원래 그 자체가 집단광기다. 다른 의견이나 반대를 절대로 용납하지 않을 뿐만 아니라 그런 사람들을 탄압하거나 말살하는 것 자체가 집단광기라는 말이다. 한편, 민주주의 체제에서 밑도 끝도 없는 유언비어, 특정세력이 악의로 날조해낸 헛소문 따위에 부화뇌동하여 수많은 사람이 거리에 몰려나와 무조건 아우성부터 치고 본다면, 이것도 집단광기의 변형된 일종일 것이다. 매수되거나 억지로 동원된 군중의 광란이라면 더 말할 나위도 없다.

개는 개일 따름

들개는 이름이 없다.
들에서 얼어 죽으면 그만.

금목걸이 자랑하며
주인에게 아양 떠는 개
이름이 있다.

버림받은 개
이름이 너무 크다.
그래서 총살!

다른 개들도 모두
개는 개일 따름.

가축

슈퍼마켓에 따라 들어갈 때는 남편.
나올 때는 가축.
짐은 모두 그 홀로 들고 가니까.
사랑이 없다면…
아니, 사랑이 있으니까!

만날 때는 남자친구.
여자 가방 들어줄 때는 가축.
사랑이 없다면…
아니, 사랑이 있으니까 더욱 더!

애견센터에서 개를 살 때는 주인.
개를 안고 갈 때는 가축.
길에서 개의 똥을 칠 때도 가축.
사랑이 있다고 해도!

사랑이 있을수록 더욱 더!

투표함에 깨끗한(!) 한 표 던질 때는 주인.
부정부패에 시달릴 때는 가축.
눈먼 세금이나 뜯기는 가축.
한 가닥 애국심이 없다면…
아니, 아무리 애국심이 넘친다 해도!

호화결혼식, 아파트, 자동차, 각종 예단 등에 수억, 수십 억 원('달러 dollar'의 오기?)을 써야만 결혼다운 결혼이 성립한다고 회심의 미소를 짓는 자들, 에누리 없이 얼이 모조리 빠져버린 그런 자들이 (지상에는 하나도 없기를 간절히 바라지만) 만일 있다면, 그들 눈에는 '가난한 사람들은 축복받았다'고 말한 예수는 그야말로 미치광이가 아닐까? 가난한 사람들은 지상의 나라가 아니라 하늘나라만 차지할 수가 있다고 했으니까. 얼빠진 자들은 얼이 정작 빠진 쪽은 자기들이 아니라 자기들을 비난하거나 조롱하는 사회적 '루저 loser'들이라고 반격한다. 그들은 '사랑만은 돈으로 살 수 없다'는 격언을 절대로 믿지 않는다. 그런 주제에 결혼 후 몇 년 못 가서 이혼하게 되면, 울고불고 야단인 정도가 아니라, 증오의 화신으로 돌변한다. 악마가 따로 없다. 인간 자체가 악마다! 후보가 속이 얼마나 검은지, 얼마나 무능한지, 전과 몇 범인지, 병역기피자인지 따위는 전혀 알지도 못하면서, 아니, 알려고 하지도 않은 채, 도대체 말도 안 되는 이러저러한 이유로 표를 찍어주는 유권자들도 얼이 빠지기는 마찬가지다. 재정 파탄, 외화고갈, 국가 부도, 안보 위기 등등은 '내가 알 바 뭐냐?' 식이다. 모든 학생에게 무조건 대학입학 허가, 대학졸업까지 학비 면제, 자동취직 보장, 아니, 모든 국민에게 무상 주택 분배, 날마다 하루 세 끼 무상급식 등을 실시하겠다고 나서는 후보가 있다면, 그는 대통령이 아니라 종신 황제라도 당장 될 것이다! 아, '황제폐하 만만세!'라는 함성이 환청으로 들려오는 듯하다.

원인불명이라니!

쪽배도 아니고 한강의 나룻배도 아닌 군함이,

어선도 아니고 유람선도 아닌 1200톤 군함이

연평도 앞바다에서 침몰했는데도,

그것도 순식간에 두 동강 나 가라앉았는데도

원인불명이라니!

일주일이 넘도록 실종자들조차 찾아내지 못하다니!

아니, 함포사격은 새떼를 향해서 한 것이라니!

이순신 같은 제독 바라기는 언감생심이라 쳐도

어느 누군들 오합지졸을 보고 싶겠는가?

쇼도 흥미가 있어야 보고

굿도 흥이 나야 기웃거리기라도 할 게 아닌가?

장난이라면 어린애가 해야 제격일 테고

불장난이라면 개망나니나 하는 게 아닌가?

원인불명! 증거가 아직은 없다!

군함은 저절로 두 동강이 났다?

아, 죽은 병사들만 억울하구나! 애통하구나!

어뢰도 아니고 기뢰도 아닌

유가족들 가슴만 펑펑 터지는구나!

뉴스 화면 쳐다보는 5천만 국민들은 하나같이

모두가 바보에 멍텅구리들뿐이란 말인가?

눈부시게 발전한 과학시대

이 빌어먹을 21세기에!

무슨 일이든 그 원인을 모른다면 '아직 모르겠다'고 대답하면 된다. 조사중이면 '계속 조사하겠다'고 하면 그만이다. 원인불명이라는 애매모호한 말은 대답이 아니다. 더욱이 고도의 각종 첨단장비를 보유하고 있다는, (그렇다고 누구나 믿는), 국가기관이 사건이 발생한 지 일주일이 지나서도 원인불명이라고 말한다면, 철저히 무능하거나, 아니면 말 못할 사정이 있거나, 알고도 숨기는 것이다.

그 어느 쪽이든 구차하고 치사하고 더럽다. '지피지기 백전백승' 운운할 자격도 없다.

어쩌다가 개로 태어났는가?

살랑살랑 꼬리치며 주인에게 아양 떠는 개
귀여워해달라고 깡충깡충 뛰어오른다.
개란 원래 그런 동물이기 때문일까?
말은 비록 못한다 해도 자기 운명이
주인 손에 달린 것을 알기 때문일까?
살인죄는 있어도 살견죄(殺犬罪)는 없는 세상,
그런 세상이 더럽게도 무섭기 때문일까?

어쩌다가 세상에 개로 태어나서
개처럼 살다가 개의 최후를 마치는지
개 자신은 끝내 깨닫지 못한다.
아니, 그럴 것이다, 사람의 추측일 뿐이지만.

어쩌다가 세상에 사람으로 태어나서
개만도 못한 취급만 받는 경우,

그것을 경멸, 외면, 천대, 학대라고 하는가?
개만도 못한 자들에게 개만도 못하게 살해되고
개만도 못하게 아무 데나 묻히는 경우,
본인은 그런 이유를 정녕 깨달았을까?

생명은 아름답다! 고귀하다! 신성하다!
그러면 삶 자체도 반드시 그러할까?
오히려, 슬프다! 추하다! 천하다! 저주받았다!
대개는, 그런 것이 아닐까?

개같은 나라에서 개로 태어나는 것은 개팔자니까 아무도 이상하게 여기지 않는다.
그러나 개만도 못한 나라에서 '생각하는 동물'인 인간으로 태어나는 것은 단순한
팔자소관이 아니라 지옥의 악몽이다. 그런 곳에서는 차라리 태어나자마자 죽어버
리거나 요절하는 것이 다행이지, 장수하는 것은 참혹한 고통이나 더 오래 느껴야만
하는 불운이다. 그런데 개팔자마저 부러워하면서 모진 목숨을 연명해야 하는 사람
들의 처지는 외면한 채 개만도 못한 나라를 향해 추파를 던지는 무리는 뭔가? 사람
인가, 개인가?

도대체 너는 누구냐?

네거리가 동서남북 꽉 막힌
교통지옥에서 구원을 외치는 사내, 너!
사방에서 누구나 휴대전화에 대고 악을 쓰는
소음 지옥에서 명상이 구원이라 외치는 여자, 너!

인신매매, 살인방화, 극악한 범인들에게도
인권은 있다! 목숨은 무조건 모두 신성하다!
미성년자 강간, 부녀자 연쇄살해 범인들에게도
인권보호! 초상권도 있다!
그렇게 외치는 백면서생 남녀, 너, 너!

뇌물 지옥에서 청빈과 정직을 가르치는 선생, 너!
아첨 지옥, 모략 지옥, 배신 지옥, 정치 지옥에서
권모술수, 생존경쟁, 줄타기 묘기 모범인 너! 너!
모든 사람을 무조건 사랑하라 설교하는 너!

도대체 너는 누구냐?

천당에 가 본 적도, 갈 리도 없는 너,

너는 도대체 누구냐?

사랑도 정의도 자비도 알 턱이 없는 너,

너는 도대체 왜 이승에 태어났느냐?

자기가 하는 말은 모조리 진리고 남이 하는 말은 모조리 개소리라고 믿고, 우기고, 외치고, 선전해대는 무리가 사방에서 득시글거린다. 코흘리개마저 속아 넘어가지 않을 빤한 거짓말을 정색을 하고 지껄인다. 거짓말도 습관이 되면 거짓말하는 본인마저 그것을 사실이라고 믿게 되기 때문인가?

그래, 그렇게 믿는 것도 자유라서 좋다고 치자. 하지만 자기 혼자 믿으면 그만이지, 수많은 다른 사람들에게 믿으라고 강권하는 심보는 뭔가? 남에게 독약을 억지로 먹이려고 달려드는 것과 마찬가지 아닌가? 그런 자들은 남들을 파멸시키려는 고의를 분명히 품고 있다. 남을 많이 파멸시킬수록 그만큼 더 찐한 만족감을 만끽하는 이상성격의 소유자들인 것이다.

그러니까 속는 놈만 바보다. 속아서 추종하는 무리는 더 못난 천치들이다. 이런 바보와 천치들이 지위고하를 막론하고 천하에 널려 있다. 그래서 이 세상은 참으로 알다가도 모를 요지경인 것이다.

요지경은 황홀하다? 재미가 꿀맛이다? 맙소사! 사람 살려!

쏠까요? 말까요?

쏠까요? 말까요?
묻지 않고 쏘면 (똑똑한 놈!)
문책, 강등, 불명예 제대.
쏠까요? 말까요?
물어보고 있으면 (멍청한 놈!)
네 몸은 이미 총알 밥,
아니, 두 동강!

에라, 이판사판!
그래서 대통령이라는 어떤 작자는
군대 가면 썩는다! 그랬구나!

쏠까요? 말까요?
어느 놈에게 물어?
아가리 짝 벌린 지옥문 앞에서

쏠까요? 말까요? 그런 거야?
삼십육계 줄행랑
그거라도 가능하면 넌 다행이야.

에라, 이판사판!
그래서 자칭 평화의 사도라는 어떤 작자는
원자탄, 미사일 제조에 찬조금 뿌렸다는 거야!
그랬구나!
정말 그랬구나!

아무것도 묻지 마! 무조건 쏴!
그러고 나서 한 마디 해.
오발이었다, 오발!
양쪽 다 오발이었던 거야,
미친놈들, 아니, 악마들의 이 세상에서!

노조 명단은 극비문서

나치 친위대 명단은 극비문서.
스탈린 비밀경찰 명단 그것도.
조폭 조직원 명단 그것도.
포주가 거느린 여자들 명단 그것도.
뇌물 주는 자의 고위층 명단 그것도.

노조 명단이 어찌하여 비밀인고? 물으신다면
당신은 얼간이라고 말하겠어요.
그런가?
노조의 숨은 목적부터 극비.
노조원이 모두 투사라는 사실도 극비.
그런 공개된 비밀도 모르는 천치가 있나?

명단을 공개하는 조직은 죽은 조직.
명단이 극비인 조직은 죽을 조직.

노조만 조직인가?
어중이떠중이 사조직, 공조직 모두 그렇다!

그러나 명단 공개를 거부하는 조직이란
어딘가 몹시 비린내, 구린내가 난다.
음흉한 범죄의 살기가 서려있다.
끼리끼리 치고받고 죽이다가
애꿎은 수많은 사람마저 살상할 것이다.
교육? 누가 누굴 교육해?

특정노조가 불법단체인가 여부는 그다지 심각한 문제가 아닐 수도 있다. 법조문이란 해석하기에 따라서 그 뜻이 달라질 수 있는가 하면, 법 자체가 의회에서 미숙하게 또는 엉터리로 만든 것인 경우도 있으니까 말이다. 그러나 노조 명단이 극비문서라고 한다면, 그래서 절대로 공개해서는 안 되는 것이라면, 그것은 이만저만 중대한 문제가 아닐 수 없다. 그 노조에는 회원이 아닌 무수한 다른 사람들도 이해관계가 걸려 있기 때문이다. 그러니까 노조의 회원들이 어떤 사람들인지 구체적으로 알 필요가 있다. 그래서 명단은 당연히 공개되어야만 한다. 이것은 지극히 단순하고 올바르고 보편적인 상식이다. 그런데도 이러한 상식을 부정하는 자들이 있다면, (경찰국가나 독재국가에 가면 맞아죽을 테니까 그만 두고), 무인도, 정신병원, 달나라 등에나 가서 살아야 마땅하다.

담배만 홍어 좆이냐?

담배 값! 올리지 마라!
가난한 늙은이, 힘없는 사람들만 운다.
돈 많은 사람들이야 올리든 말든 무관심,
한없이 올린들 주머니 거뜬하겠지만
피우고 싶은 대로 마음껏 피워대겠지.
그러나 가난한 사람들, 스트레스에 찌든 사람들,
아아! 으악! 어떡하란 말이냐?
나라 일 맡은 자들은 자기 일이나 공정하게,
청렴하게 잘 하고나 있어라.
언제부터 민초들 건강 그리도 알뜰하게 보살폈더냐?
세상 모든 음식이 독도 약도 되게 마련인데
하필이면 담배만 홍어 좆이냐?
웬 개 타령이냐?
개인의 기호마저 담배 값을 올려 꺾는다면,
애당초 되지도 않을 미친 짓이지만,

나라만 돈을 잔뜩 걷어갈 뿐

가난한 사람, 힘없는 늙은이들만 운다.

도대체 어떡하란 말이냐!

오라질 놈들!

흡연인구의 감소를 촉진하여 국민건강을 증진시킬 목적으로 담배값을 3배 정도 대폭 인상하겠다는 말이 공공연하게 나돈다. 얼핏 들으면 그럴 듯하다. 그러나 자세히 분석해보면 결국은 세금이나 왕창 더 걷어들이겠다는 얄팍한 속임수에 불과하다. 우리나라의 담배값을 선진국의 담배값과 단순 비교하는 것 자체가 소득수준, 생활습관, 문화풍토 등의 격차가 엄청나게 큰 현실을 외면한 미친짓이다. 값을 대폭 인상하면 흡연인구가 몇% 줄어든다는 선진국의 예를 드는 것도 마찬가지다. 또한 흡연인구가 줄어든다 해도 그 결과 과연 국민건강은 얼마나 증진된다는 말인가? 게다가 언제부터 국민건강을 그토록 끔찍하게 염려해주었던가? 건강을 염려해주겠다고 한다면, 차라리 소주, 맥주, 막걸리, 청주, 위스키 등 각종 주류의 값부터 먼저 열배가량 인상해야 옳지 않은가? 술은 담배보다 건강에 문제가 더 많고, 음주운전, 폭행, 살인, 방화 등 범죄의 원인이 되기 때문이다. 그리고 비만, 당뇨, 고혈압과 같은 현대병이 육류나 인스턴트 식품을 너무 많이 먹어서 생긴다고 하니 쇠고기, 돼지고기, 닭고기, 라면, 햄버거, 커피 등의 값도 세배가 아니라 열배 올리면 어떤가?

현실성도 없는 사족을 단다면, 온국민을 100세 이상 살게 해주겠다고 큰소리 탕탕 친 다음에 나라 전체에 금연, 금주, 금육, 햄버거 금지라는 비상특별명령 또는 계엄령이라도 선포하면 어떤가?

청문회 공범들

부동산 투기 말입니까?

그건 아내가 한 일이라 나는 모릅니다.

그러나 여러분 가운데 누군들 안 했겠습니까?

위장 전입을 했는지 물으시는 것입니까?

그것도 아내가 한 일이라 나는 알 리 없습니다.

그러나 여러분인들 어느 누가 안 했겠습니까?

재산등록에 누락이 많다는 지적입니까?

하, 참! 입도 안 아프신 모양이군요.

그건 기억이 잘 나지 않아 모르겠습니다.

그러나 여러분인들 모조리 기억하고 있습니까?

있느냐 없느냐 딱 부러지게 말하라는 겁니까?

더 이상 여기서 말하는 건 부적절합니다.

이것저것 시시콜콜 여기서 딱 부러지게 말한다면

여러분 가운데 누군들 허리가 딱 부러지지 않겠습니까?

역지사지(易地思之)!

세상만사 다 그런 거 아닙니까?

질문하는 여러분도 답변하는 위치에 놓일 겁니다.

언젠가 이 자리가 아니라면

과거, 현재, 미래 깡그리 들여다보는

한없이 거대한 현미경 아래 놓이게 된다 이겁니다.

형식에 불과한 청문회라면,

아니, 바로 그러니까

여러분이나 우리나 모두 공범 아닙니까?

공범 공화국 만세! 차라리 솔직하게

우리 다 같이 만세 삼창하고 그만 합시다!

특이한 성격의 사람이라면 몰라도 일반적으로는 자기 잘못을 한두 명이 모인 자리에서도 솔직히 털어놓기가 어렵다. 그러니 텔레비전에 생중계를 하는 자리에서 과거의 비리나 실수를 고지곧대로 시인할 사람이 과연 몇이나 되겠는가? 게다가 질문을 하는 자나 받는 자나 '모두가 도둑놈이다' 라고 소리치는 민초들의 원성의 대상인 판국이라면, 일컬어 청문회라는 형식은 삼류 코미디도 되지 못한다. 누가 누구 얼굴에 침을 뱉는단 말인가?

설령 침을 뱉는다 쳐도 그것은 누워서 하늘 향해 뱉는 침이 아닌가!

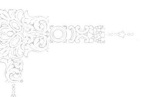

오리 떼와 청문회

꽉! 꽉 잡아라!
꽉! 꽉 물어라!
꽉! 꽉 끌어안아라!

꼬리에 꼬리를 물고 들어간다.
뒤뚱뒤뚱 으스대며 들어간다.
고개는 빳빳, 어깨는 활짝.
어디로 들어가나? 청문회 아닌가!

꽥! 기절한다 꽥하고.
꽥! 자빠진다 꽥하고.
꽥! 죽는다 꽥하고.

줄줄이 줄줄이 실려 나온다.
비실비실 기죽어서 기어 나온다.

얼굴은 푹 가리고 두 손은 홰홰 내저으며
어디서 나오나? 마녀 사냥터라 하던가?

오리 떼의 신나는 노래, 꽉! 꽉! 꽉!
탐관오리들의 단말마는 꽥! 꽥! 꽥!
무명의 민초들이 오늘을 살아가는 이곳은
자유, 민주, 그리고 공화국이다.
무기력한 민초, 어리석은 무지랭이라니!
어느 미친 년 놈들의 백일몽 잠꼬대냐?

일억을 먹어도 쇠고랑이고 십억을 먹어도 쇠고랑이라면 차라리 천억쯤 먹는 게 더 낫지 않은가? 그 중에 절반을 눈 감고 뚝 떼어서 솜씨있게, 눈치껏 쓱싹 로비를 잘 만 한다면 거뜬히 집행유예로 풀려날지 누가 아는가? 그러니까 이왕에 탐관오리가 될 바에야 힘없는 것들 등쳐서 푼돈이나 알겨먹지 말고 나라의 절반쯤, 아니, 통째로 몽땅 들어먹는, 통 큰 슈퍼 범털이 되는 것이 현대판 목민심서의 애독자의 길이 아닌가? 그래야만 어딜 가나 국비로 엄중한 경호와 극진한 환대를 받을 게 아닌가? '어마어마한 돈은 귀신마저 자기 마음대로 부려먹는다(전가통신)' 는 사자성어부터 배워야하는 이유가 여기 있다.

밥 한 끼가 어렵다

밥 한 끼가 어렵다.
참말로 어렵기만 하다.
따뜻한 밥 한 끼!
정처 없는 대도시 유랑민에게도,
먹으려야 먹을 수 없는 중환자들에게도.

밥 한 끼는 생명의 시작,
아니, 목숨 그 자체.

그러나 사랑이 식은 싸늘한 손,
위선의 장갑 낀 손,
배신의 칼 숨긴 손,
그 따위 손이 내미는 밥 한 끼는
눈물에 젖은 찬밥,
절망에 쉰, 목이 메는 찬밥.

집도 절도 없어 길에 쓰러진 노숙자들에게도,
인정에 굶주린 대도시 유랑민들에게도.

밥 한 끼는 힘들다.
참으로 힘들기만 하다.
따뜻한 밥 한 끼!
얻어먹고 배탈 나지 않기도,
주고도 욕먹지 않기도 힘들다.
정말 힘들다.
세상에서 가장 힘들다.

굶주린 조카들을 위해 빵을 훔친 레미제라블의 장발장 이야기를 들먹일 필요조차
없다. 대도시에서 굶주림에 날마다 허덕이는 사람이 아직도 한둘이 아니다. 제대로
못 먹어서 걸리는 영양실조라는 병은 '서서히 굶어죽는' 병이다. 돈은 많은데 식욕
이 없어서 그런 병에 걸린다면 일류병원을 찾아가면 그만이다. 그러나 찬밥이나마
먹고 싶어도 먹을 형편이 못 되는 경우라면 이거야말로 최루탄이다. 눈물 없이는
들어줄 수가 없다 이 말이다. 물론 눈물이 아예 없는 자, 남의 말이라면 귀를 막는
자, 남의 곤경에는 애당초부터 눈을 감는 자 따위에게는 최루탄도 공포탄에 불과하
니 상대할 것도 없다.

거짓말 공화국

끝까지 살아라, 하루라도 더!
인생이란 끝까지 사는 것, 무조건!
그래야만 거짓말쟁이 하나라도 더
세상에 드러나는 걸 볼 수 있으니까!

머리가 거짓말하고 손발도 거짓말.
몸통도 깃털도 모두 입만 열면 거짓말.
아니, 침묵도 미소도 온통 거짓말!
그들의 몸짓도 은밀한 동작도 거짓에 불과하니
자녀도 자손도 가짜가 아닐까?

죽는 날까지 끝까지 살고 볼 일.
그래야만 하나라도 더
폭로된 거짓말이 시궁창에 뒹구는 꼴을 본다.
새빨간 거짓말들,

새카만 혓바닥들,
새하얀 뼈들을 본다!

인구가 증가하면 범죄도 그에 비례해서 증가하는 것은 아니지만 역시 많아지는 것은 사실이다. 그러나 아무리 그렇다고는 해도 거짓말쟁이들이 이토록 방방곡곡에 넘쳐 나는 것은 유사이래 참으로 특이한 현상이다. 지구의 기후변화로 사람들의 정신 건강이 극도로 악화된 탓이라고만 하기에는 어딘가 찜찜하다. 심신쇠약증이나 도덕 불감증 탓인가? 그런 것 같지도 않다. 굳이 꼬집어서 말하자면, 돈을 먹어도 먹어도 더욱 먹고 싶어서 안달하는 '중금속(황금) 조갈증' 또는 돈을 너무 많이 처먹어서 돈에 중독된 '중금속(황금) 중독증' 때문이다. 이런 병에는 대개 자존심 포기, 기억력 상실, 시비 혼동, 중병환자 위장 등의 합병증이 따른다.

거짓말이란 이런 환자들이 언제나 애용하는 보호색에 불과하다. 그들은 정체가 탄로날 위기가 닥치면 잽싸게 거짓말이라고 하는 보호색으로 자기방어를 한다. 그들의 변신 기술은 카멜레온을 뺨칠 뿐만 아니라 일취월장이다. 그래서 거짓말 탐지기도 번번이 무용지물이 되고 만다. 그런데 이런 자들일수록 남보다 더 빨리 지도층에 침투하여 대부분의 좋은 자리를 독차지한다. 그리고 궁둥이가 천근 만근 무거워서 한번 자리에 앉으면 꿈쩍도 하지 않는다. 게다가 가관인 것은 그 좋은 자리를 대물림하려고 덤비고 상당수는 성공한다. 한 마디로 거짓말 공화국이 진실 공화국이 되는 것은 하늘의 별 따기보다 더 어렵다. 한숨만 나온다. 아니, 이제는 내쉴 한숨조차 바닥이다.

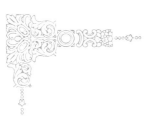

자연산을 좋아해?

얼굴은 물론 온 몸 구석구석,
아니, 남이 보지 못하는 가슴속 양심까지
위선의 실로, 뇌물과 거짓말 반죽으로
온통 누더기 로봇 신세인 주제에,
성형, 정형 하나도 안 해 본 여자
자연산을 좋아해?

그는 자기 마누라를 좋아한다,
자연산이니까.
그는 자기 딸을 좋아한다,
역시 자연산이니까.

그렇다! 사람이면 누구나
자연산으로 태어나 자연산으로 돌아간다.
자연은 산이고

산은 자연이 아닌가!

굳이 자연산만 좋다고 우긴다면 고작
사람을 광어나 돔 정도로만 보는가?
제멋대로 입맛대로 회 쳐서 먹을,
그래도 아무도 말리지 않을
그런 먹을거리로?

소위 정치가라는 자가,
그것도 여당 대표라는 자가 함부로
'자연산을 좋아한다' 나팔 부는가?

식인종도 자연산 인간을 선호한다. 미용수술, 정형수술을 거친 것에 대해서는 입맛
을 다시지 않는다. 로봇은 아예 노리지도 않는다. 로봇을 요리해서 잡아먹을 길도
없다.
물론 원시림 속의 원주민들이 즐기는 것도 모두 자연산이지만 그것은 그들에게 선
택의 여지가 없기 때문일 따름이다.
자연산을 좋아한다는 말은 누구나 할 수 있는 말이 아니다. 자연산을 신나게 먹어
본 경험이 풍부한 자만이 그런 말을 할 수 있다.(아니, 이거 정말 자연산 좋아하네!)

목걸이

순금 목걸이가 천 근 만 근,
벼이삭인 양 언제나 앞으로 숙여진 머리.
그러나 만백성 앞에 날마다 오만한 자,
일인지하 만인지상, 그는 정승이다.

그의 집 사냥개 목에도 순금 목걸이.
개는 주인을 볼 때마다 꼬리를 친다.
개가 주인을 닮았는가?
아니면, 주인이 개를 닮았는가?

수백 개 다이아몬드 박힌 눈부신 목걸이
그것에 눈먼 여자는 무엇을 파는가?
제 무덤 파는 줄이야 어찌 또 알겠는가?
목뼈마저 부러질 줄이야 눈치나마 채겠는가?

앞엣것 뒤엣것, 위엣것 아랫것도 모두 내준 뒤
여자에게 남는 것이라고는 싸늘한 목걸이뿐.
그녀의 애완견 목에도 진주 목걸이.
개가 주인을 닮는가?
아니면, 주인이 개를 닮는가?

명품이라면 사족을 못 쓰고 눈에 쌍심지를 돋구는 여자들(젊은 여자만 가리키는 것이 아니다)이 명품으로 온몸을 완전무장하기 위해 바로 그 온몸을 판다. 사내들은 돈을 주고 그 온몸의 구멍을 판다. 신종용어로 성매매라는 것이다. 그러나 이 용어는 잘못된 것이다. 성 자체나 성행위는 추상명사라서 매매의 대상이 될 수가 없다. 여자가 팔고 남자가 사는 것은 여자의 몸도 성기도 아니다.

예전의 매춘이라는 용어도 에둘러서 표현한 것이기는 하지만 역시 부정확한 것이다. 몸을 판다는 말도 마찬가지다. 문자 그대로 몸을 판다면 여자는 노예가 되어야 마땅하다. 따라서 정확한 표현은 여성성기의 임대차 또는 임시사용권 매매다. 물론 이것도 성행위가 남녀 사이에 이루어진다는 것을 전제로 해서 하는 말이다. 동성애나 변태에 관해서는 다른 용어가 정확하겠지만 여기서 군이 논할 필요는 없다.

여자가 몸을 파는 짓은, 아무리 창세기때부터 있었다 해도, 칭찬하거나 장려할 만한 것은 아니다. 그렇다고 해서 돌로 처죽여야 마땅한 범죄라고 단죄할 것까지도 없다. 아무리 돌로 처죽인다 해도, 남녀의 성기 자체가 없어지지 않는 한, 절대로 근절될 리가 없다. 어느 정도 윤리적, 사회적 비난의 대상에 그칠 뿐이다.

그러나 권력가, 재벌, 교주 등의 가신, 집사, 몸종, 하인이 되어 몸뿐 아니라 영혼까지도 팔아먹는 자들은 몸파는 여자들을 손가락질할 자격조차 없다. 그런 손가락은 여자들이 가위로 싹뚝 잘라버릴 것이다.

개만도 못한 인간쓰레기들

부잣집 개는 개 중에서도 그나마 다행.
주인이 배터지게 먹다 버린 것이라 해도
고깃국에 흰쌀밥을 얻어먹는다.

새해 또 새해는 어김없이 돌아오건만
수천 만 생령들은 초근목피 연명마저 어려워
길에서 들에서 쓰러져 죽어야만 하는가?
굶주림에 내몰려 만주 벌판 헤매는 꽃제비들,
중국 땅 으슥한 구석구석에 갇힌 성 노리개들,
차라리 가축으로 태어났더라면 더 행복했으련만!
어쩌다가, 아, 가혹한 운명,
거대한 감옥에서 가축보다 못한 노예가 되었던가!

주인이 배터지게 먹다 내버린 것이라 해도
부잣집 개들은 고깃국에 흰쌀밥을 얻어먹는다.

어처구니없게도 개가 한없이 부러운 21세기
대대로 노예들은 개만도 못한 인간쓰레기!
아니, 개만도 못한 인간쓰레기에게 버림받아
그를 영원히 저주하는 한 맺힌 생령들!

어김없이 돌아오는 새해 또 새해는 그들에게,
무심히 순환하는 사계절은 그들에게 무슨 의미인가?
무심한 척 외면하는 우리는 그들에게 무슨 의미인가?
아니, 배부른 하루하루가 우리에게 과연 무슨 의미인가?

누가 우리의 두 손을 묶고 있는가?
어느 세력이, 집단이 우리 두 발을 묶고 있는가?
개만도 못한 인간쓰레기를 찬양하는 노래는
우리가 사는 이 땅 그 어느 입에서 나오는가?
귀를 막아도 들려오는 그 노래
지옥의 개들이 짖어대는 흡혈귀의 합창이 아닌가!

언 강이 풀리면

언 강이 풀리면 자유도 풀리는가?
탱크마저 지나갈 얼음장이 풀리면
무수한 사람들 손발에서 쇠고랑도 풀리는가?
무수한 사람들 배에서
굶주림도 죽음도 사라지는가?

눈이 녹으면 산에 들에 꽃은 필 것인가?
산사람도 생매장하는 눈이 녹으면
무수한 눈동자에서
공포의 그늘 사라지고
무수한 사람들 가슴속에서는
정녕 자유가 꽃필 것인가?

언 땅이 녹으면 총칼도 녹아버리는가?
백 년 동토가 녹으면

대포도 녹여버리는가?

포신은 굴뚝이 되고

전함은 유람선이 되는가?

평화! 평화! 평화!

합창소리 천지 뒤흔들 날은 언제인가?

분단, 대립, 긴장, 충돌, 분쟁 등의 용어도 언젠가는 과거 역사를 서술하는 도구가
될 것이다. 친북, 종북, 남남갈등 따위도 역시 아득한 추억의 옛 그림자로 변하고 말
것이다. 때로는 시간문제인 듯이 보이면서도 그 시간이 언제인지는 아무도 모른다.
그래서 답답하거나 안타깝다고 하는 사람들도 있지만 극소수에 불과하지 않은가
한다. 대개는 그 날이 오기를 간절히 바라는 척만 할 뿐, 실제로 하는 언행을 보면
전혀 관심이 없다는 사실이 고스란히 드러난다.

분단국가의 통일은 군사력이든 경제력이든 결국은 비할 바 없이 월등한 힘을 통해
서 이루어진다는 것이 역사의 교훈이다. 비스마르크의 독일통일, 가리발디의 이탈
리아 통일, 서독의 동독 흡수, 월맹의 월남 정복 등은 말할 것도 없고, 신라의 삼국
통일과 고려의 왕조확립과정도 역시 힘을 바탕으로 해서 된 것이다. 물론 경제력만
으로는 통일이 어림도 없다는 사실은 르네상스 시대의 피렌체, 베네치아, 밀라노,
제노바 등 여러 공화국의 흥망성쇠에서 분명히 배울 수 있다. 충분한 군사력을 겸
비하지 못한 경제력은 한쪽 날개가 꺾인 새처럼 제 구실을 전혀 못하는 허상에 불
과하기 때문이다.

통일을 위해 준비해야만 한다고 떠들어대는 지도자들은 많다. 그러나 실제로 무엇
을 준비하고 있는가? 입을 딱 벌린 채 익은 감이 저절로 떨어지기를 기다리기만 하
지는 않는가? 감이 익으면 떨어지기는 하겠지만 엉뚱한 자의 입속에 떨어질지 누
가 알겠는가?

한 통속

저축은행과 감독원은 한 통속이란다.
나는 그들이 가면을 쓰고 있다고 보았다.
그것도 잠시 동안만 쓴다고!
눈이 멀었지!
그래, 모두 눈이 멀었지!

그러나 가면이라니!
그것은 원래 그들의 얼굴이 아닌가!
벗겨질 수도,
지워질 수도 없는 생 얼굴이다.

반찬가게에서 번식하는 고양이들이나
그 고양이들을 감시하는 개들이
모두 한 통속.
뒷구멍으로 황금 호박씨나 까는 것들.

그래, 사기꾼, 도둑, 강도들의 집단이란다.

그렇다면 좋아!
그들을 여태껏 비호해온 권력층은 무엇인가?
여태껏 입 다물고 있던 정의의 칼은 무엇인가?
결국은 그 놈이 그 놈,
모두 한통속은 아닐까?

조폭이나 도둑의 검은 돈을 경찰이 꿀꺽한다면 그들은 모두 한통속이다. 법무차관이 업자의 별장에서 여자를 끼고 신나게 놀아난다면 그것도 역시 모두 한통속이다. 각계각층에서 전형적이거나 변종이거나를 막론하고 각양각색의 한통속 뉴스가 하나둘 터져나오는 것이 아니다. 그런 판국이니 대형 비리를 저지른 저축은행과 그것을 감독, 감사해야 마땅한 감사원이 한통속이라 해도 그리 놀랄 일은 아니다.
그러나 놀라지 않는다고 해서 피해를 보지 않거나 무사하다는 말은 아니다. 그런 뉴스가 그저 지나가는 뉴스에 그친다면 다행이겠지만, 그게 아니다. 한통속들이 은밀한 곳에서 끼리끼리 단물을 즐기는 동안, 결국은 직접세, 간접세의 어마어마한 바위를 언덕 비탈 위로 끊임없이 밀어올려야만 하는 민초들만 죽을 지경이 된다. 이건 시지푸스의 신화가 아니라 바로 지금 21세기를 살아가는 졸들의 공동 운명인 것이다.

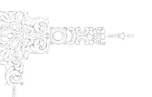

진돗개 유감

진돗개는 오로지 주인에게만 충성!
한 번 물면 절대로 놓지 않는다!
자기에게 다가오는 것은 모두 적!
강아지든 어린애든
모조리 물어 죽여도 좋다!

덩치 큰 진돗개 끌고 골목길 누비는 사내
그 자도 역시 개를 닮아 주인에게만 충성!
무슨 짓이든 지시받으면 무조건 해치우고
무덤까지 비밀 엄수!
(얼씨구, 장하다!)

더러운 곳이든 거룩한 곳이든 어디에나
사회에는 각계각층 총망라해서
진돗개도

진돗개 끌고 다니는 사내도 득시글댄다.
시체 있는 곳에 독수리 떼 몰려들 듯
뜯어먹을 것 있는 곳에
두목들이 파리 떼.

진돗개에게 물려죽는 것은
어린애, 강아지뿐인가?
수천 억, 아니, 수백 조 돈이 새고 증발할 때
비명조차 지르지 못한 채 질식사하는 것은
과연 누구인가?
그것도 어디 만 명 십만 명인가?

도둑을 잡아야 할 자가 도둑과 한 패,
그들을 감시해야 할 자가 바로 강도,
일망타진해도 시원찮을 자가
뇌물의 명수라면,
선거에 당선된 자들은 도대체 무엇인가?
투표용지는 면죄부의 백지 위임장인가?

아무 개가 중국에 가든 말든

뉴스도 뉴스 나름이지!
아무 개가 중국에 가든 말든
그게 무슨 뉴스냐?
아무 개가 중국에 가서 빌든 말든
그게 도대체 무슨 뉴스란 말이냐?

군함이 갑자기 두 동강 난 것도 자작극,
섬에 포탄이 마구 떨어진 것도 자업자득,
그렇게 생떼 부리는 자들이 득시글거리는 땅에
아무 개가 마약을 밀수하든 빌어먹든
그게 어째서 뉴스란 말이냐?

초근목피 연명하든
심지어 수백 만 명이 굶어죽든,
국경도 아닌 선으로 얽은 촘촘한 그물

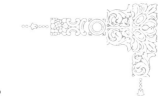

그 속에 갇힌 무수한 인민이 노예가 된들
그들에게 도대체 무슨 뉴스가 된단 말이냐?

아무리 애꾸눈이라 해도
세상은 바로 볼 수 있건만,
두 눈 멀쩡한데도 억지 춘향에만 도취한 자들,
몽유병에 광신마저 골수에 스민
자칭 저명인사들, 그들이
나무의 뿌리마저 멋대로 흔들어대는 판에,
나뭇가지에 앉아 쩍쩍 노래하는 참새 떼에게
아무 개가 중국에 가든 말든
그게 무슨 뉴스란 말이냐!

신문에 대서특필되거나 텔레비전 화면에 화려하게 등장하면 마치 자기가 천하를
평정한 위대한 영웅이라도 되는 듯이 눈꼴 시게 으스대는 무리가 참으로 많다. 그
들은 자신이 뉴스의 촛점이라고 믿고 행복감에 푹 젖는다. 그러나 언론에 보도된다
고 해서 다 뉴스는 아니다. 뉴스란 문자 그대로 새로운 것, 참신한 것, 과거에 없던
것인데, 그들의 말과 행동은 과거의 것을 재탕, 삼탕, 사탕, 오탕, 탕탕탕한 것에 불
과하다. 참신하기는커녕 누더기 걸레조각이다.

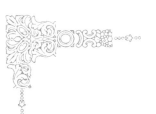

뼈다귀 사냥

물에 빠진 생쥐 꼴이 뭐가 어때서?
뼈다귀 하나 입에 물면,
Oh, lucky day!
쏟아 붓는 폭우도 뚫고 전진! 또 전진!
초원을 달리듯, 산골짜기 누비듯
아스팔트 골목골목 샅샅이 뒤지는 개.
덩치는 팔뚝만 해도 역시 사냥개.
뼈다귀 하나 걸려들면,
Oh, happy day!

코 묻은 돈, 똥 묻은 돈이 뭐가 어때서?
사기를 쳐도 한몫 단단히 잡기만 하면,
Oh, lucky day!
쏟아지는 욕바가지 깨며 앞으로! 앞으로!
문어발이든 낙지발이든 뻗기만 하면 장땡!

남이야 죽든 말든 돈만 긁으면 광땡 아닌가!
점잔 빼고 으스대며 걸어도 영락없는 속물.
쇠고랑 찬들 지갑만 두둑해지면,
Oh, happy day!

손발을 비비든 밑구멍을 핥든 뭐가 어때서?
감투 하나 잡기만 하면,
Oh, lucky day!
눈치코치 염치 따위는 볼 것도 없이
곧장 앞으로!
아니꼽든 더럽든 감투 커지기만 하면, 만세!
짓밟든 후려치든 몰래 한몫이면, 더욱 만만세!
박사, 훈장, 고관 자리 자랑해도 오리는 오리.
역적으로 남은들 금 방석에 앉기만 하면,
Oh, happy day!

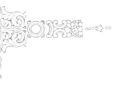

자백하라!

자백하라.
싫어도 미워도 원통해도 자백하라.
없는 죄라도 네 죄라 믿고 자백하라.
허위 여부는 네가 결정하는 게 아니라
네가 거짓말하는지 판단하는 자들의 몫이다.

지상에 태어난 자들 가운데
무죄한 자가 하나라도 있단 말이냐?
출생 자체가 죄라고 자백하라.
남의 죄도 네 죄라고 자백하라.

어차피 그들은 누군가 처형할 작정,
희생양이 반드시 필요하기 때문이 아니냐?
어느 누가 희생양이 되든 네게 무슨 상관이냐?
너 자신이 희생양이 되든 무슨 차이가 있느냐?

질문하는 우리를 원망하지 마라.
우리는 익명의 도구, 악마의 입일 따름.
자백하라. 그리고 서명하라.
그러고도 정 억울하고 또 원통하다면
저승의 지옥보다 더 지옥스러운 지상 지옥이
대낮에 대도시에 버젓이 버틸 수 있는
그 가능성, 아니, 현실을 저주하라.

저주하라.
그런 지옥을 건설, 운영, 확대하는 야만적 폭력,
정의, 복지, 번영의 탈을 쓰고 활개 치는 악마들,
무엇보다도 그들에게 박수갈채하는 무수한 노예들,
그들을 저주하라. 마음껏 저주하라.

오늘 너에게 강요되는 자백
바로 그것이야말로 그들의 파멸을
하루라도 앞당기는 핵폭탄이 아니겠느냐!

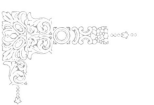

거짓말쟁이에게

힘들지? 힘들 거야.
10년, 20년 줄기차게 거짓말만 해대기도
정말 죽을 맛일 거야.

거짓말은 거짓말을 낳는 법.
새로 거짓말을 날마다 지어내는 건
천재나 할 수가 있지.

그래, 넌 천재야.
천재란 원래 힘든 직업이지.
최고의 자리, 최강의 권력 차지하려면
너처럼 반드시 거짓말 천재가 되어야지.

살아서도 평생 거짓말.
죽을 때도 역시 거짓말.
사후에도 국립묘지에 동상들,

자서전, 연설문집, 추모의 글 따위
거짓말 행진곡이 영영 이어지는 거 아냐?

넌 역시 천재야.
추종자들이야 오합지졸이라 해도.

지하에서 구더기 밥 되니 기분이 어때?
염라대왕은 만나봤어?
오라질 놈! 육실할 놈!
그런 칭찬 아직 못 들었어?
너에게 안성맞춤은 그거뿐이야.

지옥의 악마들은 모두 눈이 삐었나?
너 같은 천재도 몰라보다니 말이야.
너를 보면 악마들도 무척 힘들 거야.
하도 하품이 자꾸만 나오니 얼마나 힘들겠어?

살아서는 괘씸한 놈,
죽어서도 한심한 놈.
아니야? 정말?

낙하산 인사

낙하산 떨어지는 곳에는 뭐가 있을까?
뭐가 있기에 그토록 낙하산을 타려 안달일까?

의자가 있다면, 빙글빙글 안락의자가 아니라
불타는 쇠 의자일 테지.
황금이 있다면, 스위스은행 금괴가 아니라
펄펄 끓는 황금 쇳물일 테지.
명성이 있다면, 만고에 향기로운 이름이 아니라
자기 얼굴, 가족, 친지 등등에 먹칠,
아니, 똥칠하는 것일 테지.

낙하산이 떨어지는 곳에서 뭐가 기다릴까?
아가리 딱 벌리고 있는 호랑이일까?
불타는 족쇄 든 저승사자일까?
아니, 그건 마지막 좋은 일 할 기회,

시간, 정열을 모조리 잡아먹는 괴물,
그 이름은 자아도취, 탐욕 또는 눈먼 어리석음!

낙하산이란 원래
아래로 떨어지기만 하는 것,
한없이 추락시키기만 하는 것.

낙하산 인사를 비판, 비난, 조롱하는 사람들 가운데 대부분은 자기도 낙하산을 타보고 싶어하는 마음이 굴뚝 같고, 세상이 변하면 물불 가리지 않은 채 낙하산 인사에 끼이려고 미친놈처럼 사방에 운동하러 뛰어다닌다. 그러다가 까딱 요행수에 낙하산이 자기 코앞에 닥치기만 하면 전문지식, 경험, 자격, 인품 따위야 있든 없든 따질 것도 없이 아무거나 덜컥 잡아챈다. 그런 다음 서푼자리 종이 비행기 타고 하늘 높이 솟는가 하면 낙하산에 매달려 아래로 뛰어내린다. 그것은 용기가 아니라 만용인 경우가 거의 전부다.

왜냐하면 얼마 후 (각종 묘한 이유로) 낙하산에 구멍이 뚫려 추락하는 사고가 많기 때문이다. 심지어 낙하산에 아예 처음부터 구멍이 뚫려 있는 경우도 적지 않다. 또는 낙하산 줄이 얽혀서 그의 목을 졸라 죽이기도 한다. 그럼에도 불구하고 낙하산을 타지 못해서 안달인 자가 사방에 득시글거린다. 낙하산 인사에서 자기가 빠졌다고 게거품을 문 채 악을 쓰는 자도 있다. 그래서 그런 자들은 오늘도 목청이 터져라 하고 이렇게 외친다. 낙하산이 아니면 죽음을 달라!

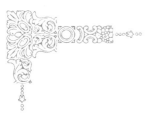

청백리의 백비(白碑)

한 세상 깨끗이 살았으면 그만이지
비석은 세워서 무슨 소용인가?
굳이 비석을 세운다 한들
무슨 말을 거기 새길 것인가?
하찮은 손이 쓴 번드르르한 글 따위로
정녕 위로라도 받는단 말인가
이미 흙으로 돌아간 자의 혼령이?

관리들이 줄지어 늘어서서 고개 숙인다.
전국 각지에서 너도나도 몰려든다.
유행! 체면! 실적!
고향의 영광? 관광사업! 돈!
그렇게 해서, 그렇기 때문에
깨끗한 관리들이 대량 배출된다면야
우리나라 만세!

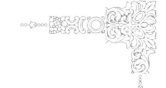

그의 백비에는 사실 이렇게 적혀 있다.
'썩은 동태눈에는 절대로 보이지 않는 글'

나의 묘에는 분향도 헌화도 묵념마저 부질없으니
차라리 온 백성을 향해 허리 깊이 숙여라.
내 이름 따위는 칭송할 가치조차 없으니
온 백성이나 늘 하늘처럼 지성으로 섬겨라.
청백리로 역사에 남을 생각마저 버리고
남들이 알든 모르든 그냥 깨끗하게 살아라.

비석의 주인공들 가운데 산 사람은 하나도 없다. 모조리 죽은 자들, 그러니까 송장들이다. 생전에 아무리 높은 지위에 올랐다 해도 결국은 모두가 하나도 예외없이 전직 황제, 전직 왕, 전직 대통령, 전직 기타 등등이다. 비석 중에는 광개토대왕의 비석처럼 역사적 가치가 매우 높은 것도 있지만 대개는 금석학 등의 그렇고 그런 자료에 불과하다. 떠나간 관리를 기리는 송덕비, 죽은 고관의 업적에 대해 자화자찬 또는 아첨하는 비석 따위는 돌값만 아깝다. 그런데도 수많은 저명인사들의 무덤에는 오늘도 여전히 비석이 세워지고 있다. 천하의 비석을 모조리 뽑아다가 쌓으면 이집트의 피라밋이 수십, 수백 개는 솟을 것이다. 이러한 피라밋들은 얼마나 기가 막힌 관광상품인가!

똥개 목의 황금 목걸이

똥개가 목에 건 황금 목걸이
날마다 꼬리 살랑살랑 흔들어 대고
주인에게 얻은 선물.

제 목만 조이는 굴레
멋도 모르고 좋아하는 똥개.

돈으로 매수한 회전의자들.
치고받아 어깨에 단 깡통별들.
법을 비틀고 정의도 깔아뭉개어
스스로 똥칠한 휴지 명함들.

똥개 목의 황금 목걸이보다 못한 것
창녀의 다이아몬드 목걸이.

저명인사라고 활개 치는 자들.
잘난 지도자로 자처하는 자들.
세월의 맷돌을 목에 매달고
내세의 바다에 투신자살하는 자들.

고대의 왕이나 고관의 고분을 발굴한 사진을 보면 주인공의 뼈조차 남지 않았는데도 황금 목걸이는 변함이 없이 제 자리를 지킨다. 그런 유물은 값진 문화유산이다. 그러면 똥개가 목에 건 황금 목걸이도 먼 훗날, 똥개의 뼈조차 사라진 뒤에도 무덤 속에 고스란히 놓여 있다면 엄청난 가치를 지닌 문화유산이 될까? 천만에! 문화유산은커녕 어느새 재빨리 도굴꾼들의 먹잇감이나 되고 말 것이다.

노예가 쇠고랑을 요란하게 절거덕거리면서 '나는 자유인이다'라고 외친다고 해서 진정한 자유인이 되는가? 권력자의 뒤나 핥아주면서 부귀영화를 누리는 것을 자랑으로 여기는 자는 영락없는 노예에 불과하다. 아무리 지위가 높다 해도 권력자의 총애를 잃는 순간 그는 쇠고랑을 찬 죄수로 전락하거나 저승행 급행열차에 강제로 실린다. 그런 자가 가슴에 주렁주렁 달고 다니던 각종 훈장들은 똥개 목의 황금 목걸이와 다를 바가 없다. 더욱이 왕국이든 공화국이든 나라 자체가 멸망하고 나면 최고권력자도 그의 노예들도 보신탕 가마에 들어간 똥개만도 못한 신세가 되고 만다. 새둥지가 높은 나무에서 떨어지면 둥지 안의 새알들이 모조리 깨어지는 것과 같다. 그런 판이니 힘도 없는 민초들의 신세야 더 말할 나위도 없다.

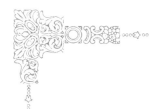

선거 문화

선거 문화라니? 돈 선거 문화?

그 따위가 어떻게 "문화" 야?

야만이지! 야만!

배알 다 빠지고 눈알마저 썩은 것,

악취가 천지에 진동하는 것,

그 썩은 동태도 생선이라는 거야?

김이박최 누구인지 묻지 마!

동서남북 어디인지도 묻지 마!

남녀노소 안방 들판 가리지도 마!

야합이야!

문화는 무슨 오뉴월에 얼어 죽을 문화?

들개, 늑대 떼의 야합이라고!

야합이 뭐냐고?

국어사전 있으면 찾아봐!

짐승들이 들판에서 하는 짓이야.

그걸 문화라고 말하는 소위 지식인들

그 자들도 역시 야합하고 있는 거야!

이 땅에, 그래, 정녕

진짜 문화인은 하나도 없다는 거야?

문화가 뭔지 아는 놈이

단 하나도 없다 이거야?

차라리 부정부패 문화는 어때?

군사 문화, 고문 문화, 독재 문화,

재벌 문화, 조폭 문화는 어떠냐 이거야!

경칠 놈들 같으니!

제 아무리 자타가 공인하는 훌륭한 인물도 공탁금과 선거운동에 쓸 막대한 돈이 없어서 입후보조차 못하는 선거라면 그건 문자 그대로 돈 선거다.

비례 대표? 직능 대표? 지역 대표? 그런 후보명단에 이름을 올리는 데에도 은밀하게 거래되는 막대한 돈이 필요하다면? 인물다운 인물들, 참으로 정직하고 유능한 인물들이 그런 번드르르한 명칭의 대표 명단에 끼여서 당선된 예가 거의 없다는 사실은 그런 명단에 이름을 올려 당선된 자들이 시도 때도 없이 벌이는 추태가 증명한다. '너 나 몰라?'라는 호통이 벼락치자 알바 콜택시 기사를 두들겨 팬 일당의 짓거리는 기네스북에 올라가고도 남을 정도로 천하제일의 일품이었다. 오히려 자기들이 얻어터졌다는 주장은 참으로 명연기였다!

아, 자비로운 판사들!

냄새가 난다, 냄새가 나.
어디선가 높은 곳에서 나는 냄새,
구수하고 달콤한 냄새가 나.
팥떡인지 꿀 빵인지 어떻게 알아 개가?
그것도 강아지가?
코를 킁킁거리며 안절부절 못한들,
팔짝팔짝 뛰며 위를 쳐다본들
제까짓 게 뭘 알아, 개 주제에?

몰라도 꿀꺽 삼키는 놈이 있어.
알고도 모른 척 주머니에 처넣든가
억지로 남의 등 쳐서 강탈하는 놈도 있어.
돌이라면 보석일 테고
쇠라면 금 덩어리가 아니겠어?
종이 백에 들었다면 현금 다발일 테지.

얼굴에 털도 안 난 원숭이들이란
뻔뻔하기로는 그 짝이 세상에도 없다고!

냄새가 난다, 냄새가 나.
어디선가 아주 높은 데서 나는 냄새,
똥 냄새, 산송장 썩는 냄새가 물씬물씬 나.
남녀노소 생사불문 모조리 썩어 문드러져
천지 사방 흐느적거리는 원숭이 무리.
그런데도 증거가 없다고 무죄!
사회 공헌, 개전의 정 따위로 집행유예!
아, 하느님보다도 한층 더,
부처님보다도 한없이 더 자비로운 판사들!
염라대왕도 감격해서 울며불며
칭송해 마지않을 원숭이들!

유전무죄라는 말은 변호사들의 왕국이라는 미국에서만 막강한 것이 아니다. 그러면 전관예우나 향판의 횡포 따위는 어느 나라에서 위력을 발휘하는가? 그 정답은 특급 비밀이기 때문에 대단히 유감스럽지만 여기서 밝힐 수가 없다. 하지만 그것도 모르는 자라면 백치 중에서도 최고 중증의 백치가 분명하다. 판사들이 자비로울수록 범죄인들은 더욱 기세등등 활개친다.

주인 그놈이 도둑놈이지

주인이 몰래 숨겨놓은 상자,
오만 원 지폐 꾹꾹 눌러 채운 사과상자,
개가 물어뜯는다.
돈이 뭔지 알 턱이 없지만
개는 주인을 안다.
너무나도 잘 안다. 아무렴!
주인 그놈이 도둑놈인 줄도,
먹을 것도 아닌데 쌓아두기만 하는
천하제일 바보 천치인 줄도
개는 잘도 안다. 암, 알고말고!
그러나 주인은 모른다.
개가 자기 속을 꿰뚫고 있는 줄도,
언젠가는 등을 돌릴 줄도
죽었다 깬들 알 턱이 없다.
잘났으니까, 아니, 그렇다고 착각하니까,

지금은 한창 득세하고 있으니까,

아직은 감옥에 가지 않았으니까,

아니, 아직은 이승에서 퇴출되지 않았으니까!

그런데 저기, 저 높은 곳에 숨어 있는 자,

숨 쉬는 송장은 무엇인가?

도대체가! 그 얼마나 많은가!

신하를 가장 잘 아는 사람은 임금이고 자식을 가장 잘 아는 사람은 부모라고 한다. 정말 그럴까? 임금도 임금다워야 신하를 잘 알 테고 부모도 부모다워야 자식을 잘 알 것이다. 주인도 자기가 자기 개를 제일 잘 안다고 자부하지만 사실은 착각에 불과한 경우가 대부분이다.

반면, 개는 언제나(!) 자기 주인의 속셈을 가장 잘 안다. 그래야만 총애를 잃지 않고, 잘 얻어먹고 잘 살 수가 있기 때문이다. 그러니까 주인의 속셈을 간파하는 것은 개에게 죽느냐 사느냐 하는 문제가 걸린 생존 또는 자기방어의 필수적 수단인 것이다. 주인이 진짜 큰 도둑놈일 때 개는 사방에 대고 컹컹 짖어대서 그 사실을 널리 선전하지는 않는다. 물론 이것은 주인이 개를 총애하는 동안에만, 그래서 개가 주인에게 충성을 바치는 동안에만 그렇다는 말이다. 그렇지 않은 다른 경우라면 개는 주인마저 물어 죽이거나 사방에 돌아다니면서 소문을 퍼뜨릴 것이다.

폼페이 폐허의 어느 집에서 '개를 조심하라(라틴어로 Caveat canem)'는 모자이크가 발견된 이후에 그 문구가 서양에 널리 퍼졌다. 이것은 물론 집주인이 자기 맹견에게 물리지 않도록 조심하라고 다른 사람들에게 경고하는 말이지만, 사실 그 경고의 진짜 대상은 집주인 자신이 되어야 마땅한 것이다. 믿는 도끼에 발등 찍히는 경우가 하도 많은 세상이니까.

가련한 좀비

어마어마하게 돈을 벌어
축구장만한 아파트에 입주하기.
수십 억 짜리 외제차 타고
동에 번쩍 서에 번쩍 하기.

진시황제, 로마황제 다 꺼져라!
흥청망청 돈 뿌리며 주색잡기.
게다가 방방곡곡 어디서나
되는 일도 없고
안 되는 일도 없는 나라
권력마저 손아귀에 움켜잡기.

이런 게 자나 깨나
너의 평생 꿈이냐?

지극히 간절한 소망은
반드시 이루어지고야 만다!
그래, 너는 꿈을 달성했지.
너는 꿈나라에서 살고 있지.
잘 했어. 암, 잘했고말고!

그러니까 넌 이제 사람이 아니야.
유령이야. 좀비란 말이야!
꿈에서 깨어날 수도 없는,
한 줄기 입김 같은
가련한 망령이라고!

등산은 올라가기보다 내려오기가 두배 세배나 더 힘들다. 에베레스트 정상에 도달하기도 보통 어려운 일이 아니지만 정상에 오른다 해도 그 환희의 순간이란 눈깜짝할 사이에 지나가버리고 무사히 하산할 수 있을지 걱정이 태산 같은 법이다. 정상을 코앞에 둔 채 또는 정상에 오른 직후에 목숨을 잃은 경우가 한둘이 아니다. 등산이야 그렇다 치자. 그러나 인생길 막판에서 유종의 미는 커녕 추태와 악취만 남기는 자는 아무리 정상에 올랐어도 말짱 헛것이 아닌가!

개만도 못한 사람들

애완용 개나 고양이
발바닥은 닦아주지만
사람 발에는 고개 돌린다.
애완용 개나 고양이
뒤는 닦아주지만
사람 뒤는 봐주지 않는다.

개만도 못한 사람들.
고양이만도 못한 인간들.
네 눈에는 그렇다는 거지?
하지만 정녕 그래야만 해?

이웃을 네 몸 같이 사랑하라.
다 함께, 더불어 사는 세상.
이게 몽땅 결국은

허공에 날아가다 터진 풍선,
허무한 꿈의 추억,
그 뿐이겠지? 고작해야!

2백층, 3백층, 5백층,
아니, 일 만 층 빌딩이 솟은들,
개만도 못한 사람들,
고양이만도 못한 인간들은
어딜 가야 살아남을 수 있지?

내 알 바 아니라 하겠지.
애완용 개나 고양이
뒤나 닦아주는 너니까!

굴비는 비굴한가?

굴비는 비굴한가?
그렇지! 그렇고말고!
죽은 뒤에도 미라 남기려고
생전에 그 얼마나 꼬리 쳤던가?

자칭 선비들이 가장 애호하는
굴비는 과연 비굴한가?
그렇지! 그렇고말고!
생전에도, 아니, 사후에마저도
자기를 결코 닮지 말라고
고작 반면교사나 될 뿐 아닌가?

자칭 지도자들이, 전문가들이,
그래, 선비들이 각계각층에서
앞서거니 뒤서거니 다투어 가며

줄줄이 엮여 쇠고랑 차는 판에,
굴비! 너야말로 드넓은 바다에서
떳떳이 살다가, 자유롭게 헤엄치다가
다른 생선 뱃속으로 사라졌더라면!

미라를 남긴들 무슨 소용이 있나?
썩은 선비들 식탁에 올랐다가
썩은 창자에 들어가 똥이나 될 것을!

산에 들에 수많은 공동묘지에 돋아난
독버섯 같은 무덤들, 그 주인공들은
과연 굴비보다 덜 비굴한가?
천만에! 만만에 말씀!
죽은 뒤에 겨우 무덤이나 하나 남기려
생전에 그 얼마나 더러운, 악취 진동하는
시궁창에서 마구 뒹굴었던가!

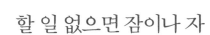

할 일 없으면 잠이나 자

할 일 없이 보내는 하루라면

라면이나 끓여먹고 잠이나 자지!

자지 자지 해도 잠이 안 올 때

때 없이 들이닥치는 도둑.

도둑질로 긁어모은 재산이 산더미.

산더미보다 더 크고 무시무시한 근심.

근심이란 바로 쇠고랑 찰까 바들바들 떠는 신세.

신세타령 할 바에야 차라리 냉수나 먹지.

먹지도 못할 금은보화 뭐 하러 쥐나?

쥐나 펴나 똥 묻은 손은 악취가 진동.

진동하는 악취에 썩어 문드러지는 코.

코가 아무리 큰들 맡지도 못하는 냄새.

냄새 없애려 비단 보자기 덮는다 해도,

해도 해도 너무나도 악독한 짓이 어딜 가나?

가나오나 헛소리뿐, 동서남북도 모르는 주제,

주제넘게 어디 함부로 누굴 다스려?

다스려봤자 개꼬리 사오년에 역시 개꼬리.

꼬리나 내리고 줄행랑치는 게 장땡.

장땡 위에 광땡 있으니까 조심하라고!

하라고 하는 일은 하지 않고 까불다가는

가는 비에 옷 젖는 줄 모른 채 여러 해 동안

동안이 백발 되도록 부귀 누린다고 알다가는

가는 사람 말리지 않는 손에 걸려 황천길이야.

이야기는 해도 해도 끝없이 이어지지.

지지 않는 해가 어디 있단 말인가?

인가 맡지도 못할 도둑질 따위 그만 작작해,

해파리에 쏘여 객사하기 전에!

바보가 지도자라 해도 똑똑한 자들에게 모든 일을 맡긴 채 간섭하지만 않는다면 만
사가 그런 대로 잘 굴러간다.

반면에 아무리 똑똑한 지도자라 해도 아첨꾼들만 거느리면 되는 일이 없다. 더욱
이 그가 눈을 부라리며 시시콜콜 간섭하면 될 일마저 개판으로 변한다. '왕은 군림
하지만 통치하지는 않는다' 는 격언은 '너 자신을 알라' 고 한 소크라테스의 철학을
계승하는 지혜에서 나온 것이다. 왕이 낮잠이나 자는 나라는 참으로 태평성대인 것
이다.

평등 사회

불만 ㄲ면 여자는 모두 미인인 지상,
남녀노소 너나없이 송장인 지하.

그런데
자칭 선진국이 되었다는 나라에서
검은 돈이나 처먹는 사람들이,
그들을 비호해주는 무리들이
손에 손잡고 주물러대는 법이 과연
평등 사회의 나침반이란 말인가?

미인들 입술에서 추락한 별들이
낙엽보다 더 천하게 짓밟힌다.
백성이 등 돌린 밀실에서
여전히 구더기 똥파리 떼 우글거린다.

그것들은 평등하다.

평등하게 똥이나 먹고 사니까!

'모든 인간은 날 때부터 평등하다'고 인권선언에는 명시되어 있다. 누구나 발가벗은 알몸으로 태어난다는 사실만 놓고 본다면 만민평등은 절대적으로 맞는 말이다. 그러나 문제는 태어난 다음부터 각자 걸어가야만 할 인생길이다. 인류가 지상에 출현한 이래 태어나고 싶어서 태어난 자는 하나도 없다. 시대, 장소, 부모, 가문 등에 대해서는 선택의 여지가 전혀 없다.

그냥 우연히 태어난 것이다. 그러니까 발가벗고 태어나는 것은 평등하지만, 그 다음부터는 절대로 평등하지가 않다. 아니, 현실에서는 결코 평등할 수가 없는 것이다.

그러면 인권선언은 헛구호에 불과한가? 그렇지는 않다. 현실적으로 불평등이 엄연히 존재한다는 사실, 그리고 그것을 완전히 없애는 것이 불가능하다는 사실을 (마지못해) 인정은 하지만, 사회적 불평등이 초래하는 불의와 고통을 최대한으로 억제, 완화해보자는 고매한 이상에 입각하여 만민평등은 선언된 것이다.

모든 인간은 '법 앞에서' 평등하다는 것이다. 다시 말하면, 법은 지위고하를 막론하고(!) 누구에게나 똑같이(!), 그러니까 평등하게(!) 적용된다는 뜻이다. 한 마디로 '법치주의'의 선언이다. 유전무죄 무전유죄 따위는 당연히 통하지도 않고 또한 통해서도 절대로 안 된다는 말이다.

그럼에도 불구하고 법이 귀에 걸면 귀걸이 코에 걸면 코걸이 식으로 해석 또는 시행되거나 특정인들에게는 일부러 적용되지 않는다면, 아니, 법이 아예 처음부터 악의로 왜곡되어 만들어진다면, 그런 나라에서 평등을 외치는 소리란 무인도의 야자나무 가지를 스치는 빈 바람소리에 불과하다. 아무리 그렇다 해도, 그럴수록 더욱, 평등이란 누구나 목이 터져라 외쳐야 마땅한 말이 아닌가!

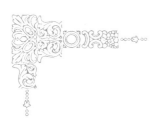

똥싸개들

무를 많이 먹으면 하얀 똥.
홍당무가 들어가면 빨간 똥.
푸성귀나 먹고 살아야 하는
민초들.

돈을 많이 처먹으면 황금 똥.
금은보석 처먹으면 무지개 똥.
오늘도 황금 똥, 무지개 똥
꾸역꾸역 사방에 갈겨대는 무리,
저명 인사, 인기 인사, 고관대작.

결국 들어가야만 할 곳이란 고작
지하 저 낮은 곳,
물속 저 깊은 곳,
하늘 저 높은 곳.

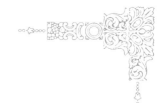

뼈마저 삭아버린 뒤

그들의 잠

과연 편안할까?

정말 안전할까?

사람마다 내갈기는 똥이 빈부귀천에 따라 정말 서로 다를까? 가난한 사람의 똥은 구린내 나는 반면 부자 똥은 향수 냄새가 날까?

말단관리 똥은 더럽고 고관대작 똥은 만병통치 보약 감일까? 그래서 무수한 자들이 고관의 밑을 핥아주려고 그토록 안달을 할까? 똥개들에게 물어보라! 정확한 정답이 나올 것이다.

21세기의 똥개들은 눈부신 경제발전 속도에 발맞추어 고도로 진화하고 또 몰라보게 영리해진 덕분에 고급사료만 냠냠 몰래 처먹고 하찮은 사람들의 똥 따위는 거들떠보지도 않는다. 별 볼 일 없는 사람들의 똥은 맛이 없는 정도가 아니라 영양가가 하나도 없기 때문이다.

더욱이 이 똥개들은 똥개라는 호칭 자체를 몹시 싫어할 뿐만 아니라, 오만방자하게도 자기들을 '견공', 즉 '공작 개 각하'라고 부르라고 강요한다. 그러면 눈치 빠른 자들은 한 술 더 떠서 '황제 개 폐하'라고 부르면서 끊임없이 굽실거리고 아양을 떤다. 그래야만 똥개들이 아무 데나 싸갈기는 똥의 부스러기라도 얻어 먹는다.

이것은 진화한 원숭이들이 인간을 다스린다는 내용의 영화 '혹성 탈출'이 절대로 아니다. 우주 저 멀리 탐사 위성이 날아가는 21세기에 지구라는 티끌 만한 혹성 위에서 벌어지고 있는 슬픈 현실이다.

누룽지와 복지

밥을 해야 누룽지가 나오지,
생쌀에서 어떻게 나와?
밥이 되야 누룽지를 만들지,
생쌀로 어떻게 만들어 내라는 거야?

떡메로 쳐야 떡이 생기지.
땀 뻘뻘 쳐야 떡이 맛있지.
찹쌀밥 멀거니 구경만 하면
어느 세월에 그게 떡이 되겠어?

너도 나도 일해야 먹을 게 나오지,
빈둥빈둥 빈손에서 뭐가 나와?
먹을거리 넉넉해야 서로 나누어 먹지,
바각바각 빈 쌀통 뭘 나누자는 거야?

복지, 복지, 아, 감지덕지하지!
무상 복지, 무상 분배, 아, 지상천국이지!
오늘은 배 터지게 먹고 내일은 죽자!
그 따위야 누가 못해?
얼간이, 망둥이, 꼴뚜기나 하는 거라고!

잘난 놈, 용빼는 년 하도 많아
망하는 것도, 아, 멋진 나라!
그거 어느 나라야?
관광하러 가자!

세상에 공짜는 없다. 나라에서 해준다는 공짜 교육, 공짜 주택, 공짜 복지 등등이 정
말로 공짜라고 믿는 자는 세상에 둘도 없는 얼간이다.

예산 없이 무슨 복지인가? 예산이란 곧 세금이 아닌가? 세금이란 바로 복지를 바라
는 자의 주머니에서 털리는 돈이 아닌가? 그러니까 자기 왼쪽 주머니에서 털린 돈
이 오른쪽 주머니에 들어온다고 해서, 그것도 거의 전부 중간에서 사라지고 눈곱
만한 액수가 돌아온다고 해서 공짜라고 여기고 좋아하는 자가 바보 천치가 아니라
면 세상에 어느 누가 바보 천치인가?

자기 전 재산을 바쳐서 무상 복지를 실시하겠다고 외치는 지도자는 믿어도 된다.
그러나 남의 주머니만 털어서 실시하겠다는 자들은 날강도다.

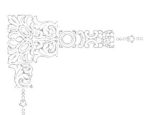

오뉴월에 얼어 죽을 위원회

청렴 위원회에 청렴한 놈 있어?
결백 위원회에 결백한 년 있냐고?
수백 수천 위원회에서
옳은 말 한 마디 나온 적 있어?

위원이 수백 명이라 해도
위원장 한 마디에 모두 설설 기는 판에
위원회는 무슨 오뉴월에 얼어 죽을!
노예들만 모아놓은 위원회에서
위원장이란 또 뭐하는 물건이야?

그럼 결국 위원회들이나 수없이 만드는 자는
할 일이 있는 거야? 없는 거야?
아니, 자기 할 일 알고나 있어?
깊은 잠 영영 자라고 해,
아무 데나, 땅속에 들어가서!

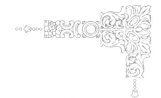

기득권 모두 버려라!

노동자는 노동자답게!
농민은 농민답게!
단체의 방패 뒤에 숨어
귀족이 되지 마라!

너의 기득권은
무수한 약자의 눈물.
너의 횡포는
무수한 아이들의 피눈물.

또한 너의 무법, 폭력은
무수한 네 형제들의 목을 조른다.
네 목은 맨 나중에?
네 목만은 예외라고?

거짓말 똥 입으로 배설하는 중

그러면 그렇다, 아니면 아니다
하면 그만인 것을
요리조리 이유 들어 말 늘이는 자는
거짓말 똥 입으로 배설하는 중.

이것은 이렇고 저것은 저렇다
해야만 할 것을
이도 저도 모두 그렇다 하는 자도
역시 거짓말 똥 입으로 배설하는 중.

이것도 모르고 저것도 모르는 주제에
모를 게 없다는 듯
어디서나 제 흥에 겨워 나불대는 자도,
이것도 알고 저것도 알면서도
이놈 저놈 눈치에 입 꾹 다무는 자도

역시 거짓말 똥 입으로 배설하는 중.

이놈 똥 저놈 똥, 네 똥 내 똥,

없는 데가 없다.

배설하는 중, 중, 중,

헤아릴 수도 없이 많기도 많다.

원, 세상에!

말 같지도 않은 말, 해서는 안 되는 말, 즉 거짓말이란 사람이 입으로 배설하는 똥이다. 그러니까 아래와 위로 배설하는 동물은 거짓말하는 사람뿐이다. 소리나는 말만 거짓말이 아니다. 침묵도, 눈짓도, 고개를 끄덕이거나 모로 젓는 것도 거짓말이 될 수 있다. 유언비어, 고자질, 모함, 낙서, 악플 등도 형태나 형식만 다를 뿐 마찬가지다.

거짓말도 어쩌다가 한두번 한다면 실수라고 너그럽게 봐줄 수도 있다. 그러나 상습적으로, 그것도 악의를 품고 직업적으로 한다면 응분의 처벌을 받아야 마땅하다. 그런데 대부분이 거짓말 상습범인 반면 그렇지 않은 사람이 극소수라면 문제는 심각하게 달라진다.

극소수의 사람들이 오히려 궁지에 몰리고 생존의 위협마저 받는다. 법이 제 구실을 할 수도, 그럴 리도 없기 때문이다. 이런 경우에는 해결책이 무엇일까? 대세를 따라서 똑같이 거짓말을 한다? 아니꼽고 더럽고 메스껍고 치사해서 다른 나라로 줄행랑친다? 아니면, 독한 결심 끝에 장렬하게 순국한다? 어느 쪽을 선택하든 정말 죽을 맛일 테지. 선택 자체가 원래 그런 게 아닌가!

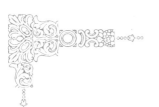

가짜 예언자들이 많다

옛날도 옛날 한참 그 옛날
예언자 시대에도
가짜 예언자들이 정말 많았지.
오늘날, 21세기 오늘날,
정치, 경제, 사회, 문화
구석구석에서 너나없이 모조리
입만 열면 거짓말이지.
그러니 어느 구석 어중이떠중이
자칭 예언자들이 몽땅 가짜인들
이상한 일은 결코 아니잖은가?
진짜가 하나도 보이지 않는 거야말로
오히려 기절 복통할 천재지변 아닌가!
가련한 자들!
자기 할 일이나 제대로 할 것이지,
예언은 뭘 안다고 예언?

자기 자신도 구하지 못하는 자들을
맹신하는 무리는 또 뭔가?
구원이란 것이 정말 있다면, 그것은
네가 구원받을 가치조차 없는
먼지임을 깨닫는 순간 비로소 온다.
눈을 떠라, 가짜에게 속지 말고!

과거는 오늘의 거울이고 오늘은 미래의 거울이다. 과거를 살펴보면 오늘의 실상이
뚜렷이 파악되고 오늘을 분명히 통찰하면 미래가 훤히 보인다. 결국 예언이라는 것
은 과거와 현재에 대한 탁월하고 정확한 통찰을 의미하고 예언자란 그러한 통찰력
을 구비한 자를 가리키는 말에 불과하지 않을까? 다만 거울에 비친 미래란 일반적
인 원칙이나 추세일 뿐이지 구체적인 일시와 장소는 결코 아니다. 따라서 아무리
천하에 둘도 없는 예언자라 해도 앞으로 발생할 일을 자기 손바닥을 들여다 보듯
이 구체적으로 자세하게 미리 말해줄 수는 없다. 물론 자칭, 타칭 용하다는 점쟁이
들이나 가짜 예언자들은 제법 구체적으로 미래의 일을 자신만만하게 선언한다. 지
구의 종말이 서기 몇년 몇월 몇일에 닥친다고 떠들어서 무수한 사람들을 속인 경우
가 한둘이 아니다. 정치가, 사업가, 기타 지푸라기라도 잡고 싶은 심정의 사람들을
그럴 듯한 말로 속이는 점쟁이들이야 헤아릴 수도 없다. 내세의 구원을 약속해주는
것도 이러한 속임수에 속하는지 여부는 신앙 차원의 문제고 신앙은 각자의 고유한
자유 영역이니까 논외로 치기로 하자. 다만 어떠한 경우든 미래의 일을 미리 알려
준다는 구실을 내세워서 남의 돈을 알겨먹는 자, 재산의 헌납을 받는 자 등은 모조
리 가짜다. 진짜 예언자라면 돈이나 부동산 따위를, 그것도 남의 것을 탐낼 리는 절
대로 없지 않은가!

선생은 선생답게!

선생은 선생답게!
주먹 따위 휘둘러
남의 코피 터뜨리지 마라!
아니면,
아스팔트에 떨어진 씨 한 톨일 뿐,
백 배 천 배 추수는 헛된 꿈!

교수는 교수답게!
감투 사냥 따위 즐기지 마라!
인기 꽁무니도 쫓아다니지 마라!
아니면,
보리밭 깜부기,
무수한 이삭 죽이는 병균일 뿐!

남을 가르치기 전에 먼저

사람다운 사람 되는 길
그거부터 배워라!

노동조합, 줄여서 노조라고 하는 것은 노동자들이 모여서 결성하는 것이다. 노동자들은 당연히 노조 결성의 권리가 있고 그러한 권리를 부정하거나 탄압하는 것은 불법이다. 이것이 자유민주 체제에서 공인된 원칙이다. 그런데 선생들이 모여서 노조를 결성한다면, 그들은 선생이 학생을 가르치는 일도 노동이고 따라서 선생도 노동자라고 주장하는 셈이다. 가르치는 일은 정신노동이고 정신노동도 역시 노동이다? 이거 원, 너무나도 알쏭달쏭해서 뭐가 뭔지 도무지 모를 소리다.

하지만 그런 논리를 따른다면, 세상에 노동자가 아닌 사람은 하나도 없다. 육체적으로 또는 정신적으로 일하지 않는 사람이 어디 있는가?

학생이 공부하는 것도, 도박장에서 눈이 빠지도록 도박에 미치는 것도 역시 정신노동이다. 사기, 음모, 유언비어 날조 등등이야말로 고도의 정신노동이 아닌가? 심지어 아무것도 하지 않는 듯이 보이면서 그냥 먹고 노는 일마저도, 머리가 나쁘면 제대로 할 수 없는 일이니까, 최고 수준의 정신노동이 될 것이다.

그래서 초등학생 노조, 중학생 노조, 고등학생 노조, 대학생 노조, 대학원생 노조, 석사 노조, 박사 노조, 건달 노조, 정치가 노조, 성직자 노조, 도박꾼 노조, 사기꾼 노조, 도둑 노조, 강도 노조 등등 수천 수만 가지의 노조가 우후죽순 식으로 생겨나도 짝짝짝 박수치며 환영해야 마땅하다는 말인가?

정신노동도 노동이라는 말은 옳다. 그러나 그런 고상한 차원의 일을 하는 사람들은 노조가 아니라 협회를 결성하는 것이 상식이고 도리다. 결사적 투쟁이나 파업을 통해서 더 많은 돈과 권력을 쟁취하는 것이 주요 목적인 노조 따위는 그들과 거리가 멀어도 참으로 멀다. 오히려 노조가 아니라 진짜 제 구실을 하는, 협회다운 협회를 결성할 때 그들의 영향력은 더욱 막강해지고 회원들의 권익도 더욱 튼튼하게 보장된다. 선생이 스스로 노동자로 전락하거나 교수, 성직자 등이 감투를 탐내는 것은 자멸행위다. 그리고 그 자멸은 언제나 어디서나 시간문제다.

정복자

자기보다 더 센 놈은
그 밑구멍마저 핥아주지만
자기보다 약한 놈들은
무자비하게 정복한다.

고작해야 3~40년 날뛰다가,
짐승만도 못한 놈이 불장난 일삼다가
결국은 더 센 놈에게 패망!

아예 엎드려 사죄했더라면,
(그런 놈들도 있다!),
지난 날은 지난 날,
그렇게 서로 악수할 수도 있는데,

30년의 두 배도 더 지난 오늘까지도

적반하장(賊反荷杖)!
앞으로도 영원히
칼날로 해를 가리려 하다니!

원한은 날로 깊어만 가고
증오는 대대로 유전된다.
겨우 3~40년 으스댄 주제에
천 년 만 년 저주, 경멸되다니,
그 놈, 참, 잘난 놈이야!
천하에 제일이야!

과거 역사를 잊어버리는 민족에게는 미래가 없다고 한다. 지당한 말씀이다. 그러면 과거 역사를 부정, 왜곡, 날조하는 민족 또는 그 지도자들에게는 현재도 미래도 없다? 이것이야말로 더욱 지당한 말씀이다? 물론 '더욱' 이 아니라 '가장' 지당하다. 하지만 현실은 어떤가? 대국 굴기, 군사 대국, 보통 국가, 해석 개헌 등 도깨비 헛소리나 미치광이의 망언이 결코 아니라 제 정신이 멀쩡한 자들이 거침없이 지껄이는 소리를 절대 귓등으로 흘리지 마라. 그러다가는 또 다시 큰코 다친다. 코피가 터지고 나서 후회하거나 울고불고 해봤자 물거품이다. 물거품 신세가 되고 싶지 않다면 지금부터라도 늦지 않았으니 진짜 실력을 길러라. 병역기피, 군수물자도입 부정 따위는 꿈도 꾸지 말고!

뼈도 못 추려!

까불지 마, 너, 함부로!
건방지게
까불지 말란 말이야!
뼈도 못 추려, 너!

살아도, 산목숨이 아니잖아!
죽어서라도
뼈나마 추려야 되지 않아?
그러니 자나 깨나
잘 살펴 걸어 다니라고.
방방곡곡 도사린 게 살모사잖아!

칼자루 잡았다고 함부로
까불지 마, 너!
아무 데나 대고 건방지게

삿대질 따위도 하지 마, 너!
권력이란 허깨비라서
뼈도 못 추려, 너!

황제의 초상이 새겨진 금화들
무수히 용광로의 밥이 되어
하찮은 여자들 귀걸이,
코걸이가 되었잖아,
수천 년 동안, 아니, 지금도!

왕국 폐허에는 잡초만 무성하고
살모사들은 여전히 번식하고 있잖아!

왕이란 가장 높은 자리에 앉아 만백성의 생사를 좌우하지만 나라가 망하면 가장 먼저 목이 잘리는 자다. 하물며 그 밑에서 권세를 부리던 자들이야! 추풍낙엽 아닌가! 그런데 먼저 신세 망친 자들의 선례들을 빤히 아는 주제에 돈이나 권력을 믿고 오늘도 으스대는 무리는 도대체 뭔가? 뼈 따위는 추려서 뭐에 쓰겠냐고 하는, 막 가자고 하는 그런 배짱인가? 하루살이보다도 못한 것들이!

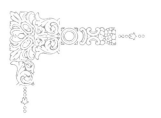

비교적

넌 비교적 돈 좀 있을 뿐이지.
너보다 돈이 더 적은 사람 무수하지만
더 많은 사람 역시 헤아릴 수 없지.

아무리 잘났다 해도
비교적 그렇지.
그뿐이야.

아무리 힘이 세다 해도
비교적 그렇지.
그뿐이야.

아무리 오래 산다 해도
역시 결국은
비교적 그렇지.

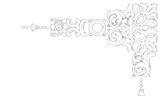

비교하지 않으면 행복해질까?

비교하지 않고는 못 배기는 거,

그게 사람 아닐까?

비교라는 말조차 잊어버려!

될까?

비교적 인간답고....

비교적 지구답고....

비교적 우주답고....

비교적 신다운 것도 있을까?

세상 만사, 그 어느 것이나 모두 '비교적' 그렇고 그런 것이다. 오늘은 남보다 비교
적 좋은 처지에 놓여 있는 사람도 내일은 그 처지가 역전될 수도 있다. 만물은 변한
다는 것만이 유일한 불변의 철칙이라고 말한 고대 그리스의 철학자가 있다. 일리가
있다. 좌우명으로 삼을 만한 가치도 있다. 유한한 존재에게 변화 자체는 숙명이다.
그러나 '어떠한' 변화를 거치는가 하는 것은 각자의 처신에 따라 달라지는 문제니
까 조심하라.

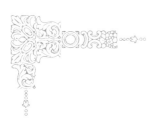

은퇴한 관리

노예처럼 일했다고?
문자 그대로 진짜 노예였잖아!

국가를 위해 일했다?
민족을 위해?
그 따위 말은 하지도 마.
그냥 노예였을 뿐이잖아!

때로는 권력에, 피에 굶주린 자들,
대개는 황금에, 쾌락에 찌든 자들,
그들의 진짜 노예였을 뿐이지.

그러나 참으로 더 무서운 사실은
너 자신의 노예였다는 것.
출세, 권력, 돈 따위에 눈먼 욕망,

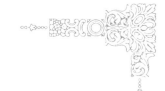

그래, 바로 그 욕망의 노예로
여태껏 살아왔을 뿐이라는 것.

네가 퇴장할 문이 바로 코앞이야.
문 저쪽에서는 뭐가 기다릴까?
너의 진짜 주인이지.
아무도 모르는 주인.

노예!
과연 관리들만 그럴까?

어느 시대나 어느 곳에서나 관리란 원래 권력자의 노예다. 당연하다. 노예가 몸과 마음과 영혼을 다 바쳐서 권력자를 섬기는 것을 충성이라고 한다. 충성을 바치는 노예는, 아니, 그런 노예만이 총애를 받는다. 그래서 누가 더 노예다운 노예인지 다투는 충성 경쟁이 벌어진다. 때로는 과잉 충성 때문에 권력 자체가 흔들리기도 한다. 그러나 사실은 바로 권력자 자신이 과잉 충성을 노골적으로 부추기거나 은근히 유도하는 경우가 대부분이다. 책임을 아랫것들에게 전가하기 위해 과잉 운운할 뿐이다. 물론 책임을 뒤집어 쓰는 관리는 희생양이 되지만 노예 주제에 불평이고 불만이고 토로할 길이 없다. 노예에게는 억울하다 어쩌다 말할 자격조차 없기 때문이다. 그런데도 각종 명칭의 고시, 말단관리 채용시험 따위에 사람들이 구름 같이 몰려드는 이유는 뭘까? 왜 자기 자신을 노예로 팔아먹으려고 그토록 안달일까?

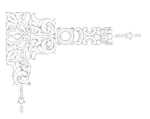

검은 돈 받은 검사

악마 손은 검은 손,
천사 손은 하얀 손.
하지만 악마도 한 때는 천사라니,
검은 손, 하얀 손 따지는 것 자체
그게 바로 '썰' 이라는 거야.

소매치기 손은 검은 손,
검사 손은 하얀 손.
하지만 현직 검사라는 자가
도둑 소굴의 단물 빨아먹는
진딧물 같은 자라니!
일간지 사설들이 그렇다 하니!
이것마저 '썰' 이라 우기는 것들
참으로 많을 거야.

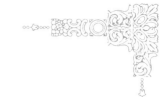

대가성이 없으니 혐의도 없다니!
그래, 대가성만 없다면,
검사 아니라,
이 놈 저 놈 그 어느 놈도
살인 교사범, 아니, 대량 살인자의
검은 돈 받아 처먹어도 무혐의라니!
법치주의 좋아하시네 정말!

날도둑 떼강도 우글우글 떵떵거리는 세상,
이게 도대체 무슨 나라? 개나라!
맞지, 맞고요!
거기 관리 나부랭이는? 개나으리들!
맞지, 맞고요!
그럼 우린 뭐예요? 개? 좆?
이런 머저리 같으니!
꽝이야! 꽝이라고!

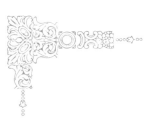

낙하산 인사도 인사야?

낙하산 인사?
낙하산 타고 "굿 모닝!"
"친애하는 국민 여러분, 안녕하세요?"
고작 그 따위 인사야?

자니 기타~ 자니 기타~
오, 마이 자니!
코미디언이 낙하산 타고 싱글벙글!
어중이떠중이 낙하산 타기
대유행인 판에, 그렇고 그런 개판에
코미디언인들 낙하산 타는 게
뭐가 어때?
늦었지! 진작 탔어야지, 암!

낙하산 타고 "굿 나잇!"

"친애하는 국민 여러분,
안녕히 주무세요, 영영~ 영원히~"
차라리 그게 솔직한 인사일 거야.
사람 정말 죽여주네 이거!

하지만 낙하산이란
어느 놈이 뀐 방귀에
언제 구멍이 뻥 뚫릴지 몰라.
코미디언도 낙하산 줄에 목매달려
언젠가는 숨이 캑캑 막히겠지.

낙하산 인사
이거야 정말 사람 죽여주네.
헤아릴 수 없이 무수한 사람들 말이야!
어제도, 오늘도, 아니, 내일도 영원히!

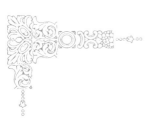

거짓말하는 지도자들

책이 없어서 공부하지 못하는 것은 아니다.
책이 너무 많아서 오히려 헷갈리는 세상이다.
공부하지 못해서 거짓말하는 것은 아니다.
오히려 공부를 너무 많이 했기 때문에,
남보다 더 똑똑하다고 자만하기 때문에
거짓말을 떡 먹듯 해대는 지도자들이다.

그들은 잘못된 책만 일부러 골라서 읽었고,
좋은 책을 읽어도 잘못 읽었으며,
공부를 아무리 많이 했어도 의도가 불순했고,
생각을 많이 했다고 해도 소경의 편견일 뿐.

문화가 없어서 그렇다고 말하지 마라.
그것은 예전에도 있었고 미래에도 있을 것이다.
다만 지금, 여기, 그들에게만 없을 뿐이다.

그것은 지도자들이든 대중이든
바보상자, 컴퓨터, 영화 스크린에서
돈, 인기, 투표 따위에만 눈독들이기 때문이다.

책다운 책이 없다고 함부로 까불지 마라.
동네마다 사람다운 사람이 없을 뿐이다.
신도시에 아파트, 교회와 대학교가 날로 늘어도
쓸 만한 사람은 더욱 드물어지는 이유는 무엇인가?

사람들이 순박하던 시대에 거짓말은 원래 페스트보다 치사율이 더 높은 전염병이
었다. 거짓말을 하면 당장 맞아 죽었으니까. 그런데 전파 속도도 더 빠르고 감염 범
위도 더 넓은 것으로 진화했다. 하지만 문명이 발달한 오늘날에는 법정 전염병으로
지정되지 않은 탓에 문자 그대로 무수한 사람들이 이 병을 대수롭지 않게 여기는가
하면, 오히려 스스로 걸려서 즐기기조차 한다. 지도층에 속한다고 자부하는 자들일
수록 그 유행과 증세가 한층 더 심하다. 나라 전체가 감염되었어도 평상시에는 그
럭저럭 어물쩡 넘어갈 수도 있겠지만 중대한 위기에 직면하면 카드를 쌓아올린 집
처럼 지도층이든 졸이든 모조리 순식간에 와르르 무너지고 만다.

천치들의 왕국

넝쿨장미는 담장에 기대 시들고,
알코올 중독자는 아스팔트에 누워 잠들고,
5월말 햇살은 따갑기만 하다.

어떤 얼간이는 절벽에서 투신자살하고
어느 천치는 여전히 뇌물에 손을 내민다.

비뚤어진 심보는 영원히 파괴적이고
무심한 세월은 무서운 칼날이다.

성도착증에라도 걸린 듯
흰 것을 검다고 무리 지어 떼쓰고
검은 것을 희다고 고래고래 악만 쓰는
소위 지식인들, 잘난 사람들!

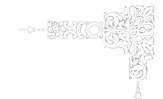

그들만이 즐기는 천국
천치들의 왕국.

사슴을 가리켜 말이라고 우긴다. '지록위마' 라는 고사성어다. 그런데 이 기막히는
고사성어마저 맥도 못 추게 만드는 무리가 당당하게 등장한다.

그들은 사람을 가리켜 사람이 아니라고 우긴다. 그들 눈에는 자기편만 사람이고 나
머지는 모조리 적이기 때문이다. 그러면서도 그들은 개혁, 혁신, 평화, 진보, 발전,
태평성대 등 무지몽매한(?) 대중의 귀에 솔깃한 좋은 말은 몽땅 동원하면서 마치 자
기들만의 전유물인 양 독점권 행사를 하려고 날뛴다. 그러다가 반대파의 내분이나
유사 이래 가장 멍청한 바보짓 덕분에 어부지리를 얻어 권력을 한 때 잡는다.

그러면 대대손손 온 천하를 차지하기라도 하는 듯이, 눈에 보이는 것이 없는 듯이
횡포를 부린다. 그 말로는?

이런 무리는 자기들이 권력을 잡지 못했을 때에는 자유, 민주, 인권 등이 절대적인
것이라고 목청껏 외치지만 일단 권력을 쥐고 나면 태도가 싹 달라진다. 그런 주장
은 개나 물어갈, 패배자들, 낙오자들의 잠꼬대라고 반박한다. 그들이 절대신보다
더 높이 떠받드는 것은 바로 돈자루와 권력 자체일 뿐이기 때문이다.

얼빠진 국민장

단돈 몇 백 만원 먹은 관리 그 목도 치더니,
드러난 것만 해도 엄청나게 받아먹은 뒤
투신자살한 자에게도
엄청난 세금 풀어 국민장이라니!
백만 인파가 서울 한복판에서 애도하다니!
국립묘지에 안장도 않을 것을 국민장이라 하나?
그러니까 바로 얼빠진 국민장 아닌가!

현 정권이 민주주의를 후퇴시켰다!
이게 자기 애비 뺨치는 후레자식 말인 줄 아나?
명색이 전직 대통령이 마이크 잡고 악쓰는 소리다.
그는 자기 자신이 현직으로 군림할 때 과연
민주주의 발전을 위해 무슨 일을 했던가?
서울 상공에서 터질지도 모르는 핵무기
그 개발자금으로 달러 현금 대주지 않았던가?

대통령이 대통령답게 다스렸어야 국민장을 치러주지.

대통령이 대통령답게 처신해야 국장을 치러주지.

전직이면 누구에게나 모조리 국장, 국민장이라면,

현직에 있는 자도 자기 차례 노리는 게 뻔하지.

어차피 현직은 전직이 되고야 말 테니까.

그러면 국장이든 국민장이든 하나같이

얼빠진 국민의 얼빠진 장례식에 불과하지 않은가!

'군군 신신 자자', 즉 군주는 군주다워야 하고 신하는 신하다워야 하며 자식은 자식다워야 한다. 나라의 기본을 설파한 이 공자 말씀은 오늘날에도 진리다. 현대 용어로 번역한다면, 대통령은 대통령다워야 하고 공무원은 공무원다워야 하며 국민은 국민다워야 한다는 것이다.

맹자는 군주가 군주답기는커녕 폭군인 경우에는 갈아치워야 한다는 역성혁명을 주장했다. 오늘날에도 국가원수가 국익을 중대하게 침해하는 경우에 탄핵된다. 위증죄로 대통령을 탄핵하는 선진국도 있다.

전직 국가원수의 장례식도 그가 생전에 훌륭한 공적을 쌓았거나 높은 명망으로 존경을 받던 인물일 때 국장이 비로소 제격이다. 실패한 대통령이나 독재자가 죽었을 때 성대한 국장을 거행한 나라가 어딘지, 그런 예가 얼마나 되는지 알고 싶다. 전직 국가원수에 대해서는 적절한 기준도 없이 무조건, 자동적으로 국장을 거행한다는 법이 있다면, 그 법은 엄청난 혈세의 무의미한 낭비를 강요하는 악법이다.

어느 나라에서든 당장 개정하는 것이 마땅하다.

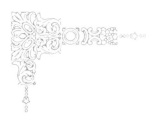

6.25 전사자의 유해의 말

6.25의 피 비린내,
중오의 악취 속에 쓰러진 지
60년이나 지나
지상의 햇빛을 받자마자 나는 놀랐다.
나는 참으로 소름 끼치도록 놀랐다.

보리 고개에 맨발로 통학하던 원시사회가
교통체중에 짜증내는
21세기로 도약했기 때문이었던가?
눈부신 경제발전, 한없는 풍요와 쾌락에도
나는 결코 놀라지 않았다.

문자 그대로 천지개벽!
완전히 탈바꿈한 산천에도 도시와 농촌에도
나는 털끝만큼도 놀라지 않았다.

때가 되면 그것은 오고야 말 것이었을 뿐.

나를 뼈저리게 경악시킨 것은 무엇이었던가?
우리가 소나기 적탄에 쓰러지던
그 당시와 조금도 다름없이,
아니, 오히려 더 지독하게 천지를 뒤흔드는
증오, 불신, 배신, 위선, 거짓말
바로 그런 것이 아니었던가!

전쟁은 아직 끝나지 않았다.
적은 분명히 숫돌에 칼을 여전히 갈고 있다.
그러나 아무도 그 사실을 믿지 않는 나라,
그 백성, 그들의 철부지 환상이야말로,
불타는 창날이 가슴에 박히듯,
내 간담을 서늘하게 만들지 않았던가!

이런 지상이라면
나는 햇빛 아래 남고 싶지 않다.
나를 다시 땅 속 깊이 묻어라!
그래야만 단 하루라도 내가 안심하고

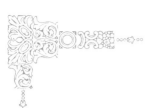

편안히 누워 잠을 즐길 수 있지 않겠는가!
장송곡이란 오로지
살아 있는 자들을 위한 것이다!

사람은 누구나 한 번 죽는다. 이것은 육체적 생명이 한 번 끊어진다는 말이다. 그러나 사후에도 두고 두고 수많은 사람의 매도, 조롱, 원성의 대상이 된다면 그는 수백수천 번도 더 자주 죽는 꼴이 된다. 그래서 높은 자리에 앉은 자들은 자신의 더러운 이름이 후세에 남을까 두려워하고, 심지어는 역사 기록을 왜곡, 변조해서라도 깨끗한 이름을 전하려고 말버둥친다. 이른 바 '공명수죽백'을 노리는 것이다. 물론 그들의 노력은 헛수고에 그치게 마련이다. 진실을 알리는 기록이나 자료는 아무리 억압해도 언젠가는 빛을 보기 때문이다.

전사자의 경우도 마찬가지가 아닌가! 어느 나라의 어느 장병이든 육체적 목숨이야 한 번 끊어진다. 그러나 살아남은 자들이, 그것도 병역의무조차 이행하지 않은 자들이 전사자를 모욕하거나 조롱한다면, 그것은 조국을 위해 전장에서 산화한 전사자를 두번 세번 다시 죽이는 비열한 짓이다.

그런 짓은 적의 총탄보다 더 잔인하고 더 가증스러운 것이다. 더욱이 전쟁범죄자들과 그 추종 세력을 미화, 찬양, 동조, 지지하는 자들이 있다면, 아무리 관대한 자유민주주의 체제라 해도 그런 자들의 악의적 언행마저 용인하는 것은 지극히 위험한 자해행위다.

국토개조

전국의 국토를 자기 집 앞마당 가꾸듯,
떡방아 아줌마 떡 주무르듯 개조하려는 짓은
개가 콩엿 먹고 버드나무에 올라가는 꼴이다.
그래서 우매하다 지탄받는 백성은
개 꼬락서니 미워서 낙지 사는 법.

오늘 여당이 내일은 개꼴 야당 되고
개꼴 야당도 여당이 된 뒤에는 영락없이
또 다시 개꼴 야당으로 전락한다.
야당일 때 야당다워야 광땡 잡고
여당일 때 여당다워야 망통이라도 먹지!

개꼬리 3년 두어도 황모 못 된다면,
개 눈에는 똥만 보이기에
이것저것 가리지 않고 게걸게걸 먹어치우다

된통 배탈이 나 교도소 뒷간에 가나?
개가 약과 먹은 것처럼
자기가 처먹은 것이 무슨 맛인 줄도 모르다가
쇠고랑 맛이나 보려고 개쇠발괄 떠들고 다니는가?

끄나풀이나 잘 잡은 주제에 아무 공도 없이
훈장, 감투, 명예 모조리 독식하는 짓은
개뼈다귀에 은 올리는 허튼 수작!
개하고 똥 다투지 않는 사람들이
정말 개보다 못해서 가만히 있는 줄 아는가?

개 같이 벌어서 정승 같이 먹어야
매일 밤 편안히 다리 뻗고 잘 수 있지,
허깨비 정승 같이 남의 앞잡이 노릇만 하다가는
아무리 닷새 뒤 개가 주인을 알아본들
주인은 개를 개 취급도 하지 않을 것이다.

개만도 못한 주제에 똥개, 사냥개, 진돗개,
황구, 흑구, 백구, 모조리 몰고 다닌다 해서
개보다 더 훌륭한 자는 될 수 없지 않은가?

한 마디로,

개떡 같은 수작으로 뭇 사람 속이려 들려면,

개똥만도 못한 짓으로 웃기려 들겠다면

차라리 개로 환생해서

여름철 여러 사람의 영양 보충이나 해주어라!

그러면 혹시 극락왕생할는지 누가 알겠나?

치산치수는 어느 나라에서나 국가의 기본임무다. 나라를 다스리는 지도자라면 당연히 해야만 한다. 홍수나 산사태가 철만 되면 반복하는데도 불구하고 치산치수를 외면하는 지도자는 축출되는 정도에 그칠 것이 아니라 직무유기죄로 처벌받아야 마땅하다.

어쨌든 국토를 개발하겠다고 나서는 사람의 뜻은 참으로 갸륵하다. 쉬운 일이 결코 아닌 줄 잘 알면서도 자발적으로 나서서 온갖 희생을 무릅쓰겠다고 하니 어찌 장하다고 하지 않을 수 있으랴?

문제는 개발 사업에 착수하여 국토가 정말 놀라울 정도로 개선되는지, 아니면 한층 더 심하게 망가지는 개악의 결과가 초래되는지 여부에 달려 있다. 계획을 세우는 일은 물론, 공사의 진행 과정과 속도마저도 신중에 신중을 거듭해야만 한다. 아무리 작은 나라라 해도 전국 규모의 국토 개발은 동네 아파트 몇 동쯤 헐고 다시 짓는, 그런 재개발 사업 따위하고는 차원이 전혀 다른 것이다. 졸속으로 밀어붙이다가는 차라리 처음부터 손을 대지 않은 것만도 못한 결과가 나오기 십상이다. 게다가 각종 사업과 관련하여 업자들의 뇌물 운운하는 소문이 돈다면 갸륵한 희생정신과 의욕만으로는 성공을 기약할 수 없다.

개발이나 개선만 해도 이런 판이다. 그런데 국토 전체를 근본적으로 뜯어 고치는 '개조'를 하겠다는 덤비는 것은 도대체 웬 말이냐?

이 따위 청문회라면

남의 말에는 콧방귀만 뿡뿡 뀌는 자들
무슨 말이 그리 듣고 싶어 안달이냐?

남의 말이라면 쌍욕에 저주마저 마구 토하는 자들
무슨 말 그리 설사 못해 온 몸에 쥐가 나냐?

자기 말만 옳다고 마이크에 대고 악쓰는 자들
온 천하에 천치들만 널린 줄 알고 굿판이냐?

자기 말이 법이라고 눈알 부라리며 핏대 올리는 자들
그놈의 헌법, 그놈의 헌법 씨부리는 입은 어디서 나왔냐?

내 새끼가 죽으면 국립묘지에 안장해야 마땅하지만
남 새끼가 죽으면 개 묘지에 처박아둘 심보더냐?

들을 귀도 없는 자들이 모인 것이 무슨 청문회며
더러운 입만 모인 자리가 얼어 죽을 청문회냐?

엿이나 먹고 다운계약서에 도장이나 찍고 있으면
저절로 감투 벼락 맞아 로켓처럼 치솟을 것을!

청문회 천번만번에 뭐 얻어먹을 게 있다고
시간 낭비, 전력 낭비에 영혼까지 팔아먹고 있냐?

이 따위 청문회라도 나가야 명성 떨친다 믿는 자들
그들 배알은 소주 안주 곱창 깜도 못 되는 판에!

청문회란 인민재판이나 마녀사냥이 결코 아니라, 남의 이야기를 참고로 들어보기
위해 모이는 자리다. 그런 목적이 아니라면 아예 청문회도 아니다.

그러니까 청문회에 불려 나간다고 해서 주눅이 들어 고분고분, 굽실굽실, 벌벌 길
이유는 하나도 없다. 당당하게 자기 소신을 밝히면 그만이다.

더욱이 호통치는 질문자들도 입장이 바뀌어 증인석에 앉게 된다면 꿀 먹은 벙어리
가 되거나 요리조리 변명 아닌 변명이나 늘어놓기 십상인, 어딘가 뒤가 몹시 구린
자들이 한둘이 아닐 텐데, 뭐가 무서워서 황공무지 지극히 공손한 자세로, 모기 앵
앵 거리는 목소리로 대답해야만 무사히 통과한다고 믿느냐 이 말이다. 장유유서도
무시한 채 반말로 찍찍 내갈기는 질문이나 호통 따위는 겁내기는커녕 오히려 증인
의 인격 모욕죄로 고발해야 당연하지 않은가!

개똥타령

개똥도 약에 쓰려면 없다?
개똥이 정말 약이 되는 시대라면
온 세상 약국들 모조리 문을 닫아야겠다.
사람보다 개가 더 많고
개보다 개똥이 더 넘치는 시대!

개똥밭은 무수히 널려 있어도
개똥밭에서 나는 인물이 어디 있단 말인가?

개똥만도 못한 자가 사람보다 비싼 개를 끌고,
아니, 모시고 다니니
개똥이 사람보다 더 소중하지 않은가!
그래서 개다리참봉들이 큰소리치고
개똥졸부들이 제후인 양 큰길마다 누빈다!

개똥의원, 개똥장관 거느리는
개똥대통령, 개똥국왕들도 마음 턱 놓은 채
한 세상 맘껏 호사 누리다가 편안히 눈 감고
국립 초특급 개똥무덤을 차지하지 않는가!

개똥밭에 이슬 내릴 때란
천 년에 단 한 번,
어진 임금님 국상 치를 때뿐인가?

감투가 사람을 만드는 것이 아니라 사람이 감투를 만든다. 말귀를 못 알아듣는 사람들을 위해 다시 말하자면, 자리가 사람을 만드는 것이 아니라 사람이 자리를 만든다. 아무리 높은 자리라 해도 자격도 없는 아무 개나 차지한다면 그런 자가 자동적으로 권위 당당해지는 것은 결코 아니다. 반면에 아무리 보잘 것 없는 자리라 해도 탁월한 인물이 앉으면 그보다 더 위대한 자리도 없게 된다. 아무런 벼슬도 없이 백의종군한 이순신 장군이 당대의 영의정, 좌의정, 우의정 따위에 비할 바도 없이 가장 위대한 인물인 이유가 어디 있는지 알겠는가?

그런데도 정권이 바뀔 때마다 이 자리 저 자리를 아무 개에게나 마구 전리품처럼 나누어준다면 자리도 사람도 개똥만도 못한 처지로 전락하고 만다. 그래도 좋다고 날뛰는 자들이 사방에 널렸으니 개가 웃다가 멍석말이라도 당할 지경이다. 잘들 논다 정말!

경칠 놈들

사슴을 가리키면서 말이라고 우기는 자,
진리의 탈을 쓴 채 허수아비 춤이나 추는 자,
성스러운 옷을 입은 채 명리에만 눈독 들이는 자,
요것들이야말로 영영 경칠 놈들!
아닐까?

무고한 백성 마구 잡아다가 경치는 자,
무지한 백성 마구 속여 치부하는 자,
자기 집 불 지르고 남의 집마저 태우는 자,
요놈들이야말로 참으로 호되게 경칠 놈들!
아닐까?

경칠 놈들 놓아주고 뇌물로 배 채우는 자,
경칠 놈들 찬양하여 훈장 받고 으스대는 자,
그런 자들 이름을 온 세상에 널리 홍보해주는 자,

요놈들이야말로 혀 빠지게 경칠 놈들!
아닐까?

한 명을 죽이면 경칠 놈! 옳소!
수백 수천만을 죽이면 민족의 태양! 빌어먹을!
인종청소 자행하면 절세의 영웅! 맙소사!

남을 경칠 자격이 있는 자는 하나도 없는데도
사방에서 경치는 소리만 요란하게 들려오는
이 치사한 경치 속에서는
차라리 눈멀고 귀먹거나
태생 천치인 경우에만 행복한 자!
아닐까?

경칠 놈들이 응분의 처벌을 받기는커녕 세상을 지배한다면 그것이야말로 약육강식
의 정글, 즉 약자들의 지옥이다.
더욱이 경칠 놈들이 자유, 평등, 박애 따위를 외치면서 지상천국을 당장 건설하겠다
고 설쳐댄다면, 차라리 단테의 신곡에서 묘사된 가장 깊은 지옥이 그보다 나을 것
이다.

곤쇠아비동갑들의 추태

김이 새는 곤쇠아비동갑들이 섬기던 조국,
그것은 정말 무엇이었을까?

노곤한 노천극장에서 곤수아비동갑들이 외치던
정의, 진실, 화해,
그것은 과연 누구를 위한 것이었을까?

전전긍긍하는 곤쇠아비동갑들이 칼날 무당굿 하며
손에 쥐려던 조자룡의 헌 칼,
그것은 참으로 어디에 쓰려던 것이었을까?

이판사판 곤쇠아비동갑들이 긁어모은 돈,
그것은 정녕 저승길에 노잣돈이 되었을까?

어중이떠중이 중도 아닌 곤쇠아비동갑들이

지금도 목메어 차지하려는 자리와 명예,
그것은 정말 목 맬 가치가 있는 것일까?

아무개 아무개 개만도 못한 곤쇠아비동갑들이
오매불망 눈알 빠지게 기다리는 장수,
그것은 정녕 영혼마저 팔아 얻어야만 하는 것일까?

'인생칠십고래회'는 이제 우스개 농담도 못 된다. 칠십에다가 삼십은 더 보태야만
고래회라는 표현과 어울릴 것이다.

하지만 칠십을 넘기면 역시 노인 세대에 속하는 것은 분명한 사실이다. 기분, 마음,
의욕 또는 뭔가 약을 먹고 하는 행동이야 이팔청춘인 경우가 적지 않을지는 몰라도
칠십 넘은 사람을 젊은이라고 불렀다가는 혼난다. 더욱이 흉측한 늙은이를 가리키
는 곤쇠아비동갑에게 걸리면 국물도 없다.

벼 이삭도 익으면 고개를 숙인다지만 곤쇠아비동갑은 전혀 딴판으로 그 추태와 노
욕은 갈수록 태산이다. 게다가 돈과 권력을 움켜쥔 경우에는 각종 보약이나 건강관
리 비서들 덕분에 날이 갈수록 더욱 노익장이다. 아들 손자 증손자보다도 더 오래
살려고 발버둥치기도 한다. 간, 위장, 콩팥, 허파, 염통 등의 이식도 서슴지 않는다.
그렇다고 해서 새사람이 되는 것은 결코 아니다. 낡아빠진 자동차가 몇몇 부품을
갈아끼웠다고 해서 신차가 되지 못하는 것과 같다.

그러다가 어느 날 갑자기 팍 고꾸라져서 숨을 거둔다면 본인은 물론 그 주변 사람
들에게도 그처럼 반가운 일은 없을 것이다. 대개는 이승에 대한 미련과 집착이 하
도 강해서 인공호흡마저 하면서 쉽사리 숨을 거두지 않는다. 치매, 노망 따위도 겁
내지 않는다. 참으로 지독한 골칫거리인 곤쇠아비동갑들이다. 그 가운데는 가문이
나 나라를 거덜내고서야 떠나는 자들도 있다.

치도곤은 맞아봐야 안다

치도곤을 백 대나 맞고 나서도
정신 못 차리는 자는 분명히 있다.
아니, 치도곤을 백 대나 맞고 나서
제 정신 차릴 수 있는 자 과연 있겠느냐?

한 번에 열 대가 소용없다면
한 대씩 열 번이면 안 될까?
한꺼번에 백 대 맞아 숨이 멎는다면
한 번에 한 대씩 백 번 때리면
낡은 사람은 죽고
새 사람이 태어나지는 않을까?

아무리 많은 벌금에도 코웃음 치는 자에게는
한 번에 한 대씩 천 번이면 안 될까?
수십 년 집행유예에도 조소만 보낸다면

날마다 한 대씩 죽을 때까지—
그래도 냉소할까?

지위가 높을수록, 직업이 거룩할수록,
명성이 온 세상에 떨치면 떨칠수록
더 큰 치도곤으로 끼니때마다 한 대씩—
그래도 그들은 도둑질을 계속할까?

곤장을 백대쯤 맞아도 살아남을 자신이 없다면 아예 도둑질할 생각조차 하지 말아야 한다. 곤장 한두 대에 까무러칠 자라면 도둑질하기보다 굶어죽는 것이 더 편할 것이다. 그런데 요즈음 세상에서는 도둑질은 도둑질대로 마음껏 하면서 곤장은 한 대도 안 맞는 자들이 활개를 친다. 물론 그들은 '나는 직업이 도둑이다' 라는 글씨를 이마에 문신하고 나다니는 것은 아니다. 하지만 그들이 그런 도둑인 줄을 모르는 사람은 하나도 없다. 그 사실을 모르는 사람이 있다면 그는 멸종위기에 내몰려 보호대상인 천연기념물이다. 아니, 유네스코 문화유산으로 등록되어야 마땅한 희귀인간인지도 모른다.

어쨌든 집행유예나 병 보석 등만 끔찍하게 선호하면서 아무리 무거운 징역형, 벌금형은 우습게 보는 이 신종도둑의 무리에게도 아킬레스의 뒷꿈치는 있다. 사형집행이다. 그러나 인권, 인도주의 운운하는 역사의 대세 때문에 사형은 현실적 처방이 되기 어렵다. 그래서 남은 방법은 오로지 곤장뿐이다. 사람들이 가장 많이 모이는 대도시 광장에서 치도곤을 치는 것이다. 이것은 국가 예산이 필요없다. 치도곤을 치겠다는 자원봉사자는 얼마든지 무수히 많다. 그리고 이것만이 가장 효과적이다. 그런데도 왜 당장 실시하지 않는가?

군입정질

그까짓 거!
5만 달러 현금 봉투는
전직 총리의 군입정질 한 입 거리인가?

그까짓 거라니?
5천 만 원이 그까짓 거라면,
500억, 아니, 5조 쯤 군입질해야만
체포해서 수사할 작정인가?

높은 자리일수록 단 백 달러를 먹어도
배탈이 나 설사 쫙쫙해야
나라꼴이 제대로 된 거 아닌가?
그 설사도 감방에서,
자기 감방에서나 해야지!

나라 전체를 군입질한 전직 군주들,

전직 대통령들은 지금 어디 있는가?

구더기 떼의 만찬 테이블 위에?

아니면, 역사의 심판대 앞에?

어쩌면 저승마저 군입질하고 있지는 않을까?

부정부패 척결! 어디서 많이 들어본 구호다. 새 정권이 들어설 때마다 으레 거리에 내걸리는 현수막에서 한두 번 본 것도 아니다.

심지어 부정부패를 상대로 전쟁을 선포한 나라도 적지 않았고 지금도 그러하다. 그러나 부정부패란 어느 나라에서나 워낙 번식이 빠르고 생명력이 하도 끈질겨서 현수막이나 선전포고 따위로 근절될 리는 절대로 없다. 미사일이나 핵무기마저 사용해도 어려울 것이다. 그렇다고 해서 고개를 돌린 채 묵인할 것인가? 차라리 합법화할 것인가? 이건 물론 헛소리다. 부정부패는 나라의 대들보를 좀먹다가 결국은 망국을 초래하는 암이기 때문이다.

그러니까 항암제를 써야만 근치가 가능한데 이 항암제란 무엇인가? 그것은 의외로 지극히 단순하고 평범한 것이다. 즉, 부정부패가 막대한 이익을 주기는커녕 그와 반대로 철저한 패가망신을 자초하는 가장 어리석은 짓이라는 사실을 천하에 증명하는 것이다. 이 증명 또한 지극히 간단하고 쉬운 일이다. 최고 권력자부터 솔선수범하면 하루아침에 이루어진다. 황제가 청렴결백한데 환관들이 어떻게 부정부패를 자행하며 횡포를 부릴 수 있겠는가? 환관들이 청렴결백한데 어찌 대신들이 뇌물에 입맛을 다시겠는가?

기본원리가 이처럼 간단하고 명료한데도 불구하고 왜 현수막이나 거듭 내걸고 선전포고 따위나 반복할까? 뭔가 은밀한 이유가 분명히 있기는 있는 듯하다. 그러나 비밀취급 인가가 없는 민초로서는 도무지 알 길이 없으니 답답할 뿐이다. 부정부패의 흙탕물이나 뒤집어 쓰고 숨이 캑캑 막혀 죽는 길밖에는 없는가? 하늘의 도리, 즉 천도는 옳은가 그른가? 아니, 천도라는 것이 과연 있기는 있는가?